COLLECTION POÉSIE

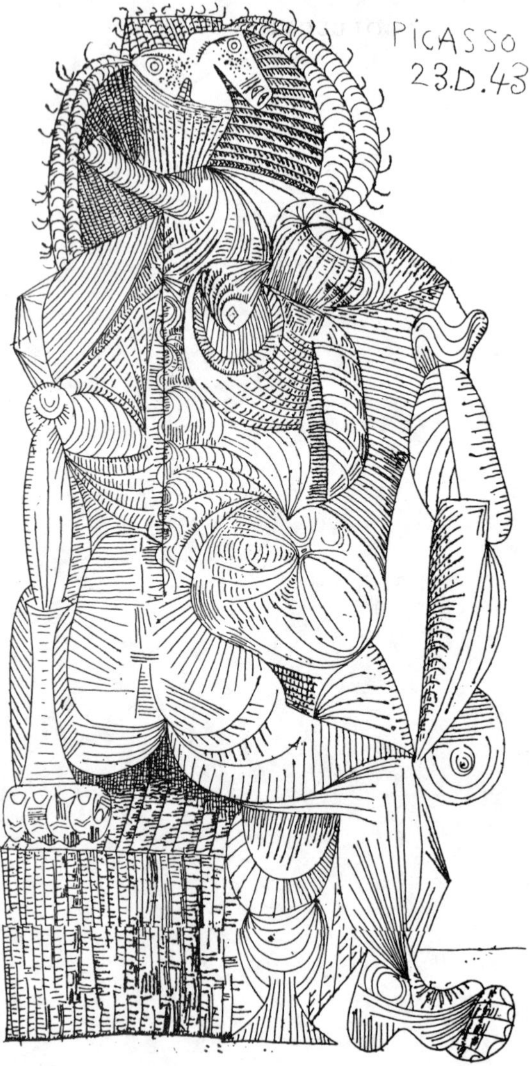

Eau-forte de Picasso pour *Contrée*.

ROBERT DESNOS

Contrée

suivi de

Calixto

Édition de Marie-Claire Dumas

nrf

GALLIMARD

« OURSE QU'IMPORTE LA FABLE[1] »

Lorsque Contrée *est publié par les éditions Robert-J. Godet en mai 1944, Robert Desnos est déjà déporté en Allemagne. Il ne verra donc pas le recueil de ces vingt-cinq poèmes, qu'illustre une eau-forte*[2] *de Picasso, représentant un chevalier en armes appuyé sur des livres — symbole du poète résistant — et qui est dédié à sa compagne inlassablement aimée Youki. Pas plus qu'il ne verra publiés la même année* Le Bain avec Andromède, *aux éditions de Flore, et* Trente chantefables pour les enfants sages *aux éditions Gründ. Quant à* Calixto, *suite poétique aux formes mêlées, achevée en septembre 1943, le recueil n'avait pas encore trouvé d'éditeur à l'arrestation du poète, le 22 février 1944*[3].

Au camp de Flöha où il est déporté, Desnos reste préoccupé par le sort de ses œuvres en cours de publication : « Que deviennent mes livres à l'impression ? », demande-t-il à Youki dans sa lettre du 15 juillet 1944[4]. *Et c'est à la poésie qu'il se fie pour survivre aux épreuves de l'internement : « Pour le reste je trouve un abri dans la poésie. Elle est réellement le cheval qui court au-dessus des montagnes dont Rrose*

1. Voir *Œuvres*, Gallimard, Quarto, p. 985, « Histoire d'une ourse ». Dans la suite, *Œuvres* renverra à cette édition.

2. L'eau-forte est datée du 23 décembre 1943. Voir p. 4.

3. Peut-être s'agit-il du livre « qui devait être édité à Bruxelles », évoqué par Desnos dans sa lettre à Youki du 7 janvier 1945, pour lequel il espérait une illustration de Picasso. Voir *Œuvres*, p. 1278.

4. *Œuvres*, p. 1277.

Sélavy parle dans un de ses poèmes et qui pour moi se justifie mot pour mot[1]*. » Ainsi Rrose Sélavy accomplit-elle dans la réalité sordide les promesses de liberté proférées dans la jubilation verbale en 1922*[2]*. Indéfectiblement poète, donc libre, tel s'affirme Desnos tout au long de sa vie. De cette revendication,* Contrée *et* Calixto *apportent à leur manière un témoignage.*

« Je vais à tâtons »

Dans une lettre à Paul Éluard datée du 8 octobre 1942, Desnos évoque le séjour qu'il vient de faire en septembre en Normandie[3] *: « Me voici de retour à Paris après une belle campagne normande, où les champignons en ont vu de cruelles. Mais je ne me suis pas borné à chasser le cèpe et les girolles, j'ai continué* Contrée *[…]. C'est pour moi une curieuse expérience. Je vais à tâtons mais les images, les mots, les rimes s'imposent comme les détails d'une clé pour ouvrir une serrure*[4]*. » Desnos semble dire qu'il est en face d'une énigme poétique*

1. Lettre à Youki du 7 janvier 1945, *Œuvres*, p. 1279.
2. Desnos cite cavalièrement la formule poétique n° 22 : « Rrose Sélavy peut revêtir la bure du bagne, elle a une monture qui franchit les montagnes. », *Œuvres*, p. 503. Rappelons que c'est encore à Rrose Sélavy que Desnos adresse ce qui est le dernier poème qui nous soit parvenu, un sonnet écrit au camp de Royallieu, daté du 6 avril 1944 : « Tu, Rrose Sélavy, hors de ces bornes erres […] », faisant déjà de cette figure poétique la seule source d'évasion à la disposition du poète emprisonné.
3. En septembre 1942, Robert et Youki ont passé leurs vacances au Molay-Littry, près de Bayeux, à la lisière de la forêt de Cerisy, où une mine de charbon désaffectée avait été rouverte par les troupes d'occupation allemandes en 1940. Des rampes de lancement de V1/V2 furent également construites dans le parc du château de Molay, probablement en 1943. Outre la cueillette des champignons et la culture du sonnet, il est probable que Desnos mit à profit son séjour pour recueillir des informations sur les diverses activités de l'ennemi dans cette contrée de Normandie, qui allait être le lieu du débarquement allié en juin 1944. Il n'est pas interdit de penser que la « belle campagne normande » pouvait désigner à mots couverts, outre les charmes de la Normandie, le succès dans la recherche de renseignements sur les activités militaires des troupes allemandes.
4. Cahier de l'Herne, *Robert Desnos*, 1987, p. 304-305. Le manuscrit de

*qu'il tente de résoudre. Cette recherche inscrit ses premiers résultats à la fin d'*État de veille, *qui paraît en avril 1943. Ce recueil, publié chez Robert-J. Godet, joue le rôle de charnière entre une ultime référence à l'avant-guerre — réécriture de « poèmes forcés » de 1936, création de « couplets » destinés à être mis en musique, selon la pratique radiophonique des années trente —, et la mise en œuvre d'une poétique assumant des contraintes nouvelles : « Quelques poèmes, en apparence plus classiques, est-il précisé dans la postface, terminent ce recueil. Ils font partie d'une expérience en cours dont il m'est impossible de prévoir l'évolution et dont je ne saurais parler clairement*[1]*. » Quatre poèmes aux formes régulières, dont deux sonnets, terminent* État de veille, *donnant les premiers exemples des formes classiques qui s'imposent dans* Contrée.

Telle qu'il l'évoque dans sa lettre à Éluard, l'expérience qui conduit à Contrée *ne va pas sans surprises. C'est « à tâtons », il y insiste, qu'il découvre et expérimente les rouages de formes dès longtemps inscrites au panthéon littéraire mais dont il s'était tenu éloigné, captivé à l'époque surréaliste par la continuité du discours intérieur dont il s'agissait alors de saisir des moments, puis, dans les années trente, requis par l'agencement de la parole aux rythmes de la musique. Si les* Chantefables *publiées en 1944 sont encore « à chanter sur n'importe quel air », les poèmes de* Contrée *visent à une autonomie formelle rigoureuse : Desnos remarque alors que le sonnet tend à imposer sa loi. Le poète ne jette pas pour autant l'anathème sur l'expérience surréaliste : il la situe dans un parcours d'apprentissage et en marque les limites*[2]*. Ainsi dit-il à Éluard*

---

cette lettre est conservé à la Bibliothèque Paul Destribats : il permet d'apporter une correction à la transcription fournie par L'Herne. « J'aime ton petit bouquin. C'est même un de ceux que je préfère sinon celui que dito » a été transcrit « sinon celui que j'édite ». Par « dito » Desnos fait allusion à *Contrée*, précédemment cité. La lettre était accompagnée du manuscrit de cinq poèmes qui allaient trouver place dans *Contrée* : « La Peste », « La Nymphe Alceste », « La Voix », « La Vendange », « L'Équinoxe », numérotés de XVII à XXI. Ce qui laisse penser que les poèmes de *Contrée* ont été composés pour l'essentiel en 1942.

1. *Œuvres*, p. 999.

2. Dans *Robert Desnos, les grands jours du poète*, José Corti, 1988, Michel Murat consacre des pages éclairantes à ces expérimentations poétiques du Desnos des années quarante (p. 163-184).

qu'il croit « de plus en plus que l'écriture et le langage automatiques ne sont que les stades élémentaires de l'initiation poétique. Par eux, ajoute-t-il, on enfonce des portes. Mais derrière ces portes il y en a d'autres avec des serrures de sûreté qui ne cèdent que si on cherche et trouve leur secret[1]*. » Cette idée d'étapes à franchir revient sous une forme plus explicite dans une réflexion de janvier 1944 : « Il me semble qu'au-delà du surréalisme il y a quelque chose de très mystérieux à réduire, au-delà de l'automatisme il y a le délibéré, au-delà de la poésie il y a le poème, au-delà de la poésie subie il y a la poésie imposée, au-delà de la poésie libre il y a le poète libre*[2]*. »*

Qu'en est-il donc au juste de l'expérience de Contrée *?*

« Je rêve de poèmes qui ne pourraient être que ce qu'ils sont[3] »

Quand il écrit les poèmes de Contrée, *en 1942-1943, Desnos tente « d'arriver à une "poétique fine" comme les mathématiciens sont arrivés à des "calculs fins" indispensables en relativité ou en mécanique ondulatoire*[4]*. » Le modèle mathématique le retient par son exigence du détail exact. En somme le poème dans sa clôture peut devenir une mécanique de précision dont les pièces sont ajustées minutieusement pour assurer le fonctionnement de l'ensemble. Le flux verbal que tentait de saisir dans sa continuité l'écriture automatique a fait place à l'assemblage de groupes de vers en attente de trouver leur juste contexte. La forme poétique — sonnet, ballade, ode — est l'horizon d'attente où des fragments surgis indépendamment viennent s'assembler — et révéler leur intime proximité. Une unité potentielle aimante les éclats dispersés ou mal appariés. Au poète de faire le montage des éléments que l'inspiration lui donne. Rythme, sonorités, images, motifs ou thèmes peuvent contribuer à la tenue de l'ensemble.*

1. L'Herne, p. 304.
2. *Œuvres*, p. 1204, « Réflexions sur la poésie ».
3. L'Herne, p. 304.
4. L'Herne, p. 305.

Sous le titre de « Souvenir d'Orphée », nous disposons d'un manuscrit[1] *qui laisse percevoir ce jeu de mise en place de fragments, consacrés à des personnages légendaires (Bacchus, Orphée, Don Juan, l'évêque Denis) que pourrait rassembler une commune descente aux Enfers (« Orphée précède Don Juan dans les escaliers de l'Enfer », note le poète). Des fragments de deux à quatre vers — des alexandrins —, disséminés sur une page, se rassemblent et s'étoffent pour former « Souvenir d'Orphée » :*

Le cortège était prêt pour suivre en sa conquête
Bacchus. On lui remit la tunique et l'épieu.
Des souffles s'épuisaient à raviver les feux.
Sur le seuil de l'Asie Orphée hantait les bêtes.

Il fallait à tous deux de pressantes ténèbres
À l'un pour y coucher Eurydice au tombeau
À l'autre pour garder dans le fond des caveaux
Le vin qui doit vieillir pour devenir célèbre

Le chef décapité de l'évêque Denis
Saigne avec les raisins d'Argenteuil et Suresnes
On enchaîne à des chars des héros et des reines
Les temples un à un croulent sur les parvis

Les fauves sont partis, soumis au vendangeur
Tandis que la cité surgit au son des flûtes
Mais le laurier se fane au cirque après les luttes
Et le nom des champions s'efface au mur d'honneur.

Toi seul restes vivant ô vin dans tes barriques
Tu teindras notre lèvre à tes couleurs mystiques
Puis nous irons rejoindre en terre les palais

1. Bibliothèque littéraire Jacques Doucet, dans le fonds Desnos, le manuscrit DSN 196.

La cloche qui rythmait la chanson des cigales
S'est tue comme autrefois la flûte et les cymbales
Le vent même s'est tu. Le tonnerre se tait.

Cet assemblage laisse le poète insatisfait. Il le fait donc exploser pour en redistribuer les strophes dans plusieurs poèmes. C'est ainsi que de « Souvenir d'Orphée » naissent « La Vendange », « L'Équinoxe », deux poèmes qui se suivent dans Contrée.[1] *« La Vendange » prélève les trois dernières strophes auxquelles est adjoint un quatrain*[2] *pour former un sonnet ; « L'Équinoxe » insère le quatrain consacré à l'évêque Denis au sein de trois strophes qui forment également un sonnet*[3]*. Bacchus enfin apparaît dans « La Plage » par une reprise ponctuelle de la première strophe de « Souvenir d'Orphée »*[4]*. Quant aux deux premières strophes de ce montage, elles ne semblent pas avoir trouvé, en l'état, de réemploi dans un poème de* Contrée.

Dans sa forme expérimentale première, « Souvenir d'Orphée » se présente comme une rêverie inspirée de la mythologie ou d'un lointain passé historique. Il en est de même de « La Nymphe Alceste ». Contrée *pourrait alors passer pour un simple divertissement, nourri de culture et d'imaginaire. Il l'est sans doute et Desnos y retrouve ses héros favoris, Don Juan, Orphée, Bacchus. Toutefois, à se déplacer dans d'autres contextes apparemment plus centrés sur l'évocation de la réalité pré-*

1. « La Vendange » et « L'Équinoxe » font partie, avec « La Peste », « La Nymphe Alceste », et « La Voix » des poèmes que Desnos a joints à sa lettre à Éluard comme exemples de ses recherches en cours.

2. Le quatrain ajouté brosse une vision de champ de bataille, qui fait écho de façon décalée aux jeux du cirque évoqués d'abord : « Des tas de soldats tués pourrissent sous les buttes [...]. »

3. Les strophes d'accueil évoquent un paysage bouleversé, avec un « arc-en-ciel de nuit », dans lequel la présence de l'évêque Denis semble décalée, sinon qu'elle introduit des références de lieux, en particulier Argenteuil, qui a connu une rafle violente en octobre 1942.

4. Vus dans leurs détails, les états manuscrits de « La Vendange », L'Équinoxe », « La Plage » qui accompagnent le manuscrit de « Souvenir d'Orphée » montrent de façon exemplaire les « tâtonnements » du poète dans sa recherche du meilleur agencement possible pour arriver aux poèmes publiés. On a noté que les redistributions semblaient viser à associer le mythologique et le réel.

sente, les strophes mythologiques de « Souvenir d'Orphée » perdent de leur gratuité pour venir brouiller l'allusion trop directe aux événements du moment. Les contrées du rêve se soumettent, de l'aveu même du poète, à « l'influence de l'actualité la plus immédiate[1] ».

« Certains motifs impérieux d'inspiration actuelle…[2] »

Cherchant à préciser ce que peut être la poésie en 1944, Desnos est surtout sensible aux tensions, voire aux contradictions auxquelles elle lui paraît être soumise. « La poésie peut être ceci ou cela. Elle ne doit pas être forcément ceci ou cela… sauf délirante et lucide[3]*. » Ouverte sans limites aux divagations de l'imagination, elle doit aussi à la fois leur donner forme transmissible et prendre en compte l'urgence du moment présent. En ce sens « la grande poésie peut être nécessairement actuelle, de circonstance… elle peut donc être fugitive*[4]*. » En ces années d'Occupation, affiner et parfaire « la technique poétique » n'a de sens qu'à porter le moment présent et à témoigner de ses violences. La science poétique est indissolublement liée à la conscience politique. « Il y a une constante poétique. Il y a des changements de mode. Il y a des changements de manies. Il y a aussi des motifs d'inspiration si impérieux que, à tout prix, il faut qu'ils soient exprimés. Ces motifs d'inspiration existent en ce moment et ils doivent s'exprimer en ce moment*[5]*. »*

Dans quelle mesure les vingt-cinq poèmes de Contrée *répondent-ils à cet impératif catégorique ? On ne peut guère douter que l'Occupation, la France envahie, les rafles et les violences qui se multiplient ne figurent*

1. L'Herne, p. 305.
2. *Œuvres*, p. 1204. « Réflexions sur la poésie » est un ensemble de notes, datées de janvier 1944, qui ont paru sous le titre « La poésie, les poètes et leurs jeux » en 1947, dans la revue *Septembre*. Elles abordent des sujets généraux, comme la renaissance de la poésie, les écoles littéraires, sur un ton volontiers polémique.
3. *Œuvres*, p. 1204.
4. *Ibid.*
5 *Œuvres*, p. 1203.

parmi les motifs impérieux auxquels Desnos fait allusion. Plus encore, dans de telles circonstances, la nécessité de ne pas perdre espoir, de ne pas céder au malheur.

Le titre du recueil — « contrée » désignant « une certaine étendue de pays », « une région » — brille par sa banalité et son économie : nul qualificatif ne vient spécifier le lieu. Comme les titres des poèmes y incitent — titres génériques qui apparient l'article défini au nom —, le lecteur se voit proposer diverses versions du *locus amoenus* de la tradition poétique : la cascade, la rivière ou la plage pour se rafraîchir, les activités champêtres saisonnières — la moisson, la vendange, les plaisirs simples de la sieste, de la nuit d'été. À l'appel de ces noms, chacun peut évoquer en écho les paysages qui lui sont familiers — Desnos s'inspire peut-être de sa Normandie d'origine. Bref, idylles et églogues pourraient illustrer cette « contrée » aussi littéraire que vécue. Cependant en 1942-1943 ces joies du passé se révèlent hors d'atteinte ou plutôt défigurées par les horreurs du présent. Les paysages ne sont plus accueillants aux jouissances simples et aux amours heureuses. D'*amoenus* le lieu est devenu *horribilis* : meurtres et saccages envahissent une contrée qui n'y était nullement destinée. C'est cette intrusion dévastatrice, parfois ponctuelle, parfois plus développée, qui donne au paysage son ambiguïté et le soumet à d'étranges métamorphoses.

L'on ne peut alors que souscrire à l'interprétation des commentateurs qui entendent « contrer » dans « contrée ». Pour le poète il s'agit de rappeler qu'il faut contrer l'adversaire nazi, s'opposer à ses exactions, lui signifier qu'il ne remplira pas son contrat d'écraser le pays qu'il occupe. Le lecteur est donc amené à une lecture soupçonneuse des poèmes de *Contrée*, qui proposent des tableaux faits de contrastes, où le réel et l'imaginaire, le constat et la prophétie, le désespoir et l'espoir coïncident de façon « délirante et lucide ».

Cette pratique du mélange se saisit d'abord dans la composition de l'ensemble du recueil. Ainsi la chanson alerte du « Souvenir » trouve-t-elle un écho optimiste dans « La Prophétie » qui s'achève sur « le gage le plus sûr des printemps à venir[1] », mais elle contraste avec « La

1. Voir p. 49.

Peste » et son affiche jaune ou « Le Sort » qui jette l'anathème sur un « tu » qui ne saurait être obscur pour un lecteur un tant soit peu sur ses gardes : « J'ai souhaité ta mort et rien ne peut l'empêcher de venir prématurément[1]*. » C'est toutefois au sein même des poèmes que le jeu des tensions et des métamorphoses opère avec le plus d'effet.*

Il suffit de trois strophes au poème « Le Coteau »[2] *pour créer une double scène : la scène tenue pour réelle, une forge à la campagne le soir, avec des cris d'enfants et des abois de chien, sur laquelle se greffe l'autre scène de terreur :*

Les cris sont déchirants de l'enfant qu'on égorge.
Le chien appelle en vain. Un sort est sur ces lieux.

Fantasme passager ? Plutôt signe d'une angoisse profonde que rien ne vient apaiser :

L'aube peut revenir et le soleil nous prendre.
En vain : les aboiements et les cris perceront
L'épaisseur de la nuit, l'épaisseur de la cendre
Qui remplissent nos cœurs, qui brûlent sous nos fronts.

« La Route »[3]*, poème formé de trois huitains d'heptasyllabes, avec quatrain final, offre une « moralité » qui clôt une vision ancrée dans le réel immédiat :*

Une route est près d'ici,
J'entends le bruit des voitures,
Le vent, les pas indécis
D'une lourde créature…

Cette « créature » se déploie « jusqu'aux nuages » — « Est-ce Hercule ? Ou est-ce Atlas ? » — puis s'effondre, sans laisser de traces. Envoi :

1. Voir p. 50.
2. Voir p. 41.
3. Voir p. 42.

Moins réel que les mirages
Ainsi disparaît celui
Qui voulait dicter aux âges,
Aux vents, aux jours et aux nuits.

Ainsi doit disparaître le monstre hitlérien : telle nous paraît ici la leçon de cette fable.

Enfin « Le Réveil »[1] *commence par jouer sur quatre strophes d'alexandrins une incitation à la vie quotidienne :*

Il est tard. Levez-vous. Dans la rue un refrain
Vous appelle et vous dit « Voici la vie réelle ».

pour détacher, en contraste final, un rappel abrupt du règne de la mort :

Pourtant pensez à ceux qui sont muets et sourds
Car ils sont morts, assassinés, au petit jour.

Dans la plupart des poèmes de Contrée *le réel quotidien, le paysage le plus familier se transforment un instant pour accueillir des fantômes — issus de la mythologie, de l'imagination du poète ou de sa veille inquiète — porteurs évanescents du sens qui anime les images.*

Quelques poèmes, peut-être parce qu'ils usent moins de détours, et sans doute aussi parce que le sort du poète semble s'y jouer, ont retenu l'attention des lecteurs. Citons les deux poèmes où Desnos évoque sa propre mort, à venir dans « Le Cimetière », accomplie dans « L'Épitaphe ». Dans ce dernier texte, il rappelle son combat : « J'étais libre parmi les esclaves masqués » et ses convictions matérialistes athées :

Vivants, ne craignez rien de moi, car je suis mort.
Rien ne survit de mon esprit ni de mon corps[2].

1. Voir p. 66.
2. Voir p. 67.

Le ton presque allègre de ces deux poèmes dans lesquels le poète signe sa propre mort laisse paradoxalement entendre sa détermination à défendre la vie et ce qui fait son prix : la liberté. Il rejoint le cri révolutionnaire : « La liberté ou la mort ! »

« La Voix »

Sans doute « La Voix » est-il le poème le plus cité de Contrée. *On sait que le motif de la voix court à travers toute l'œuvre du poète*[1] *et que Desnos a revendiqué une poésie faite pour l'oralité, qui se dit plus qu'elle ne se lit. Le poème suggère « une voix », issue peut-être de la rêverie du poète, ou parvenue plus sûrement de Radio-Londres — l'une n'excluant pas l'autre.*

De ce poème dédié à l'espoir, il subsiste d'intéressants manuscrits de travail[2]. *Le premier met en place le thème d'un sonnet, en prose cadencée. Un premier titre « Le Cri » a été biffé et remplacé par le titre définitif.*

Une voix qui ne fait plus résonner
les oreilles tant elle vient de loin
parvient cependant jusqu'à nous
et ses syllabes sont distinctes bien
que prononcées sur un timbre
de ténèbres.

Cette voix est à la voix normale
ce que la nuit est au jour et
bien qu'elle couvre le monde entier

1. Il suffit de rappeler le poème « La Voix de Robert Desnos », premier poème des « Ténèbres », dans *Corps et biens* (*Œuvres*, p. 545).

2. Bibliothèque littéraire Jacques Doucet, les manuscrits sous la cote DSN 91. Les deux versions de travail que nous publions ici sont donc inédites.

c'est la voix d'un homme ou
celle d'une femme.

Je l'écoute. Elle me parvient à
travers tous les fracas de la vie et
des batailles et des bavardages

Ne l'entendez-vous pas ? Elle dit :
« Confiance, courage, espoir » et « Gardez
le même cœur. »

Le mouvement d'ensemble est repris dans une deuxième version, qui module les images et dégage les rythmes :

Une voix qui ne fait plus résonner les oreilles
Tant elle vient de loin
Parvient pourtant distinctement jusqu'à nous
Voilée comme un tambour funèbre.

Elle ne parle cependant que d'été et de printemps
Et bien qu'elle semble sortir d'un tombeau
Elle allume le sourire sur les lèvres
Et met la joie au cœur

Je l'écoute. Ce n'est qu'une voix humaine.
Elle me parvient à travers tous les fracas de la vie et des
    batailles
Le bruit du tonnerre et le murmure des bavardages

Ne l'entendez-vous pas aussi ?
Elle dit que notre peine sera de peu de durée
Elle dit : courage ! Elle dit : espoir.

La version publiée[1] *amplifie la présence de la voix, dans le premier quatrain par la répétition du mot, dans le second par l'insistance sur*

1. Voir p. 61.

« elle ». Répondant à « Je l'écoute », noyau resté stable depuis la première version, la formulation du tercet final, par l'interpellation directe « Et vous ? » et la répétition de « vous » dans « ne l'entendez-vous pas ? », insiste sur l'oralité, de même que l'introduction en discours direct des paroles prononcées par la voix. Surtout les phrases qui remplacent les incitations premières au courage et à l'espoir miment de façon efficace les messages codés envoyés de Londres. Enfin, l'ultime répétition de l'adresse au lecteur laisse peu de chance à ce dernier de se dérober à l'écoute.

« L'immensité du bagage poétique après tant de siècles[1] »

L'année 1943 est marquée par une intense activité littéraire pour Desnos. Le recueil État de veille, *le roman* Le vin est tiré… *paraissent.* Le Bain avec Andromède *est confié à l'éditeur.* Contrée *s'achève,* Calixto *est sur le métier. Jalonnant ce travail, des notes, brèves mais souvent incisives, voire polémiques, accompagnent l'œuvre en cours d'élaboration. Ainsi disposons-nous de « Notes sur le roman », de « Réflexions sur la poésie » ou de « Notes Calixto » pour suivre le poète dans ses expériences d'écriture. Nous avons déjà cité certaines remarques ; nous y revenons ici pour préciser quelques références assez éclectiques et personnelles que le poète revendique pour conforter ses propres recherches.*

De toujours grand lecteur, le poète en vient à se demander si « l'immensité du bagage poétique après tant de siècles ne justifierait pas un utile travail de classification. » Ce tri, Desnos l'amorce pour lui-même, en fonction des questions que l'urgence du moment impose[2].

1. « Notes Calixto », voir p. 98. Cette présentation du titre, où Calixto réfère au personnage et non au titre du recueil, s'est imposée par l'usage.

2. Si les questions que se pose Desnos peuvent recouper celles que soulève Aragon, par exemple dans « Arma virumque cano », le ton et la manière de les poser diffèrent : Desnos fait des mises au point d'abord pour lui-même, sans souci de défendre son œuvre vis-à-vis du public.

Quelques noms reviennent avec insistance. « Villon, Gérard de Nerval, Góngora me paraissent avec le grand Baffo des sujets de réflexions actuelles quant à la technique poétique. Unir le langage populaire, le plus populaire, à une atmosphère inexprimable, à une imagerie aiguë, annexer des domaines qui, même de nos jours, paraissent incompatibles avec le satané "langage noble" […], voilà qui me paraît besogne souhaitable[1]. » *Revenant sur ces noms*[2], *Desnos précise les motifs de ses choix : Villon, maître d'une « poésie populaire et secrète », « plus hermétique d'être masquée par la simplicité » ; Nerval, « de qui il faudra bien repartir pour se libérer de Mallarmé, de Rimbaud, de Lautréamont » ; Góngora, pour « l'étonnante vie que gardent ses images » ; Baffo, pour sa « liberté de parole » dans le domaine érotique*[3].

Ces références du passé devenues majeures pour Desnos en 1943-1944 n'en excluent pas d'autres, moins insistantes mais également significatives. Le poète n'ignore pas les publications du moment dans lesquelles puiser. Ainsi note-t-il dans « Réflexions sur la poésie » : « Chacun trouve son aliment poétique où il lui plaît. La lecture des Dieux verts *de Pierre Devaux m'a plus appris sur un mécanisme possible de l'image poétique que tel ou tel pesant article*[4]. » *En 1943* Les Dieux verts *paraissent aux éditions de la Nouvelle Revue Critique, à Paris, avec, comme sous-titre, « Nouvelle mythologie écrite en langue verte » et des illustrations de l'auteur. De « L'Amour et Psyché »*

Aragon justifie ses poèmes en les entourant de commentaires techniques ou de références d'histoire littéraire, sans doute destinés à faire écran autant que lumière sur leur portée subversive.

1. *Œuvres*, p. 1203-1204.

2. Il y revient aussi bien dans « Réflexions sur la poésie » que dans « Notes Calixto ». C'est concurremment de ces deux textes que nous tirons les citations suivantes.

3. « Baffo est l'homme au sens le plus animal et le plus abstrait. Mais quel bon tempérament ! Sade a dit : "F… est-on délicat quand on b…" ; oui, mais la poésie n'a que f…aire de délicatesse. » *Œuvres*, p. 1205. Déjà, en 1923, dans *De l'érotisme*, Baffo est donné comme « maître en amour aussi bien qu'en poésie ».

4. *Œuvres*, p. 1203. Depuis 1930 Pierre Devaux cultive *La Langue verte* (réédité en 1936), *L'Argot du milieu* (1935) et a publié en 1939, en collaboration avec Jean Galtier-Boissière, un *Dictionnaire historique, éthymologique* [sic] *et anecdotique d'argot*.

à « Pygmalion », dix-neuf récits traitent avec un humour gaillard d'épisodes de la mythologie gréco-latine, où se glissent parfois des allusions à la vie contemporaine. La jouissance verbale de l'argot n'entraîne aucune obscurité dans la lecture — sans doute parce que le lecteur connaît la trame des aventures évoquées, mais aussi parce qu'il s'agit d'un argot littéraire, porté par une syntaxe limpide. D'où la remarque de Desnos, dans « Notes Calixto » : « L'inimitable sens de Pierre Devaux qui invente l'argot au fur et à mesure qu'il l'écrit[1]. » C'est bien le « don de l'invention » et la saveur de la langue verte que Desnos goûte dans Les Dieux verts de celui auquel il dédie lui-même un sonnet en argot, « À Pierrot les grandes feuilles sur le fait des Dieux verts »[2].

Si la connivence du poète avec Pierre Devaux ne saurait surprendre, la référence à André Chénier par le biais de Pierre Naville est de prime abord inattendue : « Naville dans son d'Holbach m'a réconcilié, en quelques lignes, avec Chénier[3]. » En 1943 en effet, l'ancien compagnon de l'aventure surréaliste publie chez Gallimard Paul Thiry d'Holbach et la philosophie scientifique au XVIIIe siècle. André Chénier s'y trouve évoqué, en particulier pour son poème « L'Invention » et son ambitieux projet « Hermès ». Sous la bannière du messager des dieux, qui pouvait figurer l'humanité conquérante sur le chemin de la civilisation, des sciences et des arts, Chénier avait entrepris une vaste fresque embrassant l'histoire de l'homme dans le monde. En s'appuyant sur les découvertes les plus récentes de son époque, il travaillait à une œuvre rivale de celle d'un Lucrèce pour l'Antiquité. Seules des notes et des ébauches subsistent de cette entreprise qui, par son souci de témoigner du temps présent tout comme de concilier poésie et savoir scientifique, pouvait retenir Desnos. De plus les deux poètes n'étaient-ils pas soumis l'un et l'autre à une oppression sanguinaire, dont Desnos sentait de plus en plus imminente la menace ? Celui qui jadis s'était identifié, par jeu onomastique et conviction révolutionnaire, à Robespierre, et celui qui était tombé victime de la Terreur n'incarnaient-ils

1. Voir p. 95.
2. *Œuvres*, p. 1239.
3. « Notes Calixto », voir p. 97. En 1923, dans *De l'érotisme*, Desnos parle du « surfait André Chénier ».

pas tous deux le poète traqué pour n'avoir pas renoncé à ses convictions ? Sans doute aussi, à lire « L'Invention », Desnos reconnaissait-il un choix poétique qui était alors le sien : interroger les œuvres du passé non pour les imiter mais pour s'en inspirer ; telle était la leçon de Chénier par rapport aux anciens :

Pour peindre notre idée empruntons leurs couleurs ;
Allumons nos flambeaux à leurs feux poétiques ;
Sur des pensers nouveaux faisons des vers antiques[1].

*Témoignage encore de cette attention de Desnos au passé littéraire, ravivé par l'actualité : les annotations que Desnos a portées sur certaines pages de l'*Anthologie de la poésie religieuse française, *établie par Dominique Aury et publiée chez Gallimard en 1943. La Céppède ou Sponde retiennent particulièrement son intérêt. Comment n'aurait-il pas entendu la méditation de ce dernier sur la précarité de la vie humaine dans ses* Sonnets de la mort *?*

J'ai vu fondre la neige et ses torrents tarir,
Ces lions rugissants je les ai vus sans rage,
Vivez, hommes, vivez, mais si faut-il mourir[2].

« La lumière de ta chair, nymphe Calixto »

La première apparition de la nymphe antique dans les ébauches manuscrites dont nous disposons[3] *se fait par une dénomination directement issue de l'étymologie grecque :*

1. André Chénier, *Œuvres*, Poésie/Gallimard, p. 345.
2. Dominique Aury, *Anthologie de la poésie religieuse française*, Poésie/Gallimard, p. 117.
L'édition originale du volume, avec dédicace de Dominique Aury à Robert Desnos et annotations du poète, a été retrouvée par la librairie Nicolas Malais.
3. Bibliothèque littéraire Jacques Doucet, les manuscrits sous la cote DSN 25.

Hors du manteau ta lumière
Chair de la nymphe Callisto,
Comme une étoile se libère.

Callisto, dont la légende est rapportée dans Les Métamorphoses *d'Ovide est, selon l'étymologie, « la plus belle » des nymphes qui entourent Artémis, la chaste déesse chasseresse. Prise dans son sommeil par Zeus, dont la libido sans frein est notoire, elle subit diverses métamorphoses : enceinte, elle est d'abord transformée en ourse par Héra, puis tuée d'une flèche par Artémis et finalement devient, par l'intervention de Zeus, la constellation de la Grande Ourse au ciel : quel destin ! Et que de changements de nature ! Femme, animal, étoile, capable de porter tous les symboles, érotique et pensive, terrestre et stellaire, victime vouée à la mort et pourtant sauvée pour l'éternité.*

Sans doute hérite-t-elle d'apparitions antérieures dans l'œuvre de Desnos. Érotique-voilée, humaine et animale, elle fait écho à Louise Lame, au moment où celle-ci se dévêt progressivement pour ne plus garder sur sa chair désirable que son manteau de léopard : « Nue, elle était nue maintenant sous son manteau de fourrure fauve[1]*. » Vivante et minérale, elle assure par sa double nature un lien entre les règnes hétérogènes, comme la nageuse des « Veilleurs » qui « s'illuminant à chaque brasse [...] conciliera l'amour avec la liberté*[2]*. » En 1943, Andromède lui fait en quelque sorte directement concurrence : elle aussi, jeune fille hantée par un monstre qu'elle suscite et dont elle est victime, devient constellation au ciel.*

Enfin, « La Nymphe Alceste » dans Contrée, *apparaît comme la sœur de la Grande Ourse au ciel :*

Mais saurai-je à ta sœur qui doit naître en plein jour,
Nymphe Alceste, annoncer, dès midi, le retour
Du crépuscule, de la nuit et du silence[3].

1. *La Liberté ou l'amour !*, *Œuvres*, p. 327.
2. *Œuvres*, p. 323.
3. Voir p. 60.

« Callisto », en général « Calisto » dans les dictionnaires mythologiques[1]*, devient sous la plume du poète « Calixto ». On peut s'interroger sur cette métamorphose linguistique, très vite intervenue dans les manuscrits, qui renvoie au prénom masculin espagnol « Calixto ». Ce passage du « s » au « x » répond-il à une préférence sonore — le « x » éclatant là où le « s » s'insinue ? Ce motif a pu jouer*[2]*. Mais on ne peut écarter l'ambiguïté que la graphie choisie par le poète introduit entre féminin et masculin. En 1943 paraît aux éditions de la Nouvelle France, une adaptation par Paul Achard de* La Célestine, tragi-comédie de Calixte et Mélibée[3] *— Calixte désignant le rôle masculin. Pour l'hispanisant qu'était Desnos, Calixto sonne vraisemblablement masculin. Pour suivre jusqu'au bout cette piste, l'hypothèse n'est pas exclue qu'un Calixto historique ait pu faire pencher la balance dans le choix de ce nom. En effet, Desnos qui, depuis son voyage à Cuba en 1928, restait en contact actif avec les révolutionnaires cubains qui voulaient renverser le dictateur Machado, était bon connaisseur de l'histoire de l'île : à la fin du XIX*e *siècle, le général cubain Calixto Garcia avait lutté avec un acharnement exemplaire pour libérer Cuba de l'occupation espagnole. Calixto était ainsi l'image même du résistant qui lutte sans faiblir jusqu'à la victoire.*

Pour dire ce qui semble résulter de ces remarques, c'est que la nymphe Calixto, qui n'en serait plus à une métamorphose près, serait un symbole ouvert à toutes les incarnations possibles : le masculin comme le féminin, le vivant comme le monde au sein duquel le vivant s'inscrit. Ou autrement dit, Calixto détiendrait la clé qui permet de passer d'un domaine à un autre, porterait une image collective au-delà de toute identification

1. « Calisto » est d'usage à la fois dans les traductions françaises des *Métamorphoses* d'Ovide, de même que dans le *Dictionnaire de la fable* de François Noël, que m'a aimablement signalé Étienne-Alain Hubert, dont les multiples rééditions, à partir de 1803, font autorité.

2. On sait que le poète tenait à une prononciation sonore des « s » de son patronyme, ce qui n'est pas dans la tradition normande.

3. Le poète espagnol Fernando de Rojas a publié en 1499 *La Celestina, tragi-comedia de Calisto/Calixto y Melibea*, les deux graphies du prénom masculin se faisant concurrence selon les éditions.

sexuelle. Allégée de son histoire mythologique, elle peut accueillir en son image le destin de l'univers.

Ces glissements et échanges entre masculin et féminin, on en saisit le jeu et la trace tout au long du parcours de Desnos. Il prend un malin plaisir à s'emparer du travesti féminin de Marcel Duchamp, Rrose Sélavy, pour en faire le symbole de la poésie ; crée Louise Lame, dans La Liberté ou l'amour ! *à partir de Louis Morin, de* Nouvelles Hébrides. *Quand en 1942, il reprend un poème de 1936 « Histoire d'un ours », il en développe les cinq premières strophes pour y ajouter onze strophes supplémentaires et transforme alors l'« ours » en « ourse »*[1].

Calixto ? Vocable reflet, né du baiser de multiples sources, synonyme de liberté, d'amour et de poésie, image de tout lecteur qui vient s'y mirer, image de Desnos lui-même. « Nymphe prétexte », elle rassemble en son cri la clameur de tous : « Tu, vous, les autres, nous, clames, clamez, clamons…[2] *» ; elle est « l'étoile de la terre »*[3]*, accordée au « couple parfait » des « enfants de la terre »*[4]*. « Passante » en perpétuelle métamorphose, elle traverse le poème sans jamais s'y fixer : « Ton être se dissout dans sa propre légende »*[5] *le dit exactement.*

1. Étienne-Alain Hubert nous a aimablement signalé le manuscrit d'« Histoire d'un ours », qui nous permet de comprendre d'où est partie la rêverie de Desnos, et comment elle s'est transformée pour arriver au poème d'*État de veille*, où l'« ourse de plume » — issue de l'écriture —, se libérant de la fable antique (« qu'importe la fable ») devient la Grande Ourse, symbole de l'insurrection résistante : « Plus lourdes que l'ourse dans la cité / Par le monde je sens monter / La grande invasion, la grande marée. / Grande Ourse au ciel tu resplendis / Tandis que j'écoute dans la nuit / Les cris, les chants de mes amis. » *Œuvres*, p. 985.

2. Voir p. 80.

3. Voir p. 88.

4. *Ibid.*

5. Voir p. 84. Dans son article « Le dieu innommé » (*Europe*, mars 2000, p. 150-158), Jean-Baptiste Para relève à juste titre l'abondance des nymphes dans l'œuvre de Desnos, qu'il place sous le signe du dieu Pan, non nommé mais dont la figure serait omniprésente.

Achevé en septembre 1943, Calixto *partage avec* Contrée *le recours aux formes closes du sonnet et, avec* Le Bain avec Andromède, *la volonté de donner au recueil une structure d'ensemble qui fasse sens. Toutefois la mise en œuvre d'une architecture allégorique est appuyée dans* Le Bain avec Andromède *: les neuf épisodes, pourvus chacun d'un titre, tout en laissant place à l'évocation de Paris occupé par le monstre nazi, brosse les tableaux de l'aventure humaine, avec ses fantasmes, ses plaisirs et ses drames, au sein de la grande mécanique du monde*[1]. Calixto *procède de façon plus nuancée, renonçant à toute coupure entre ses différents moments pour privilégier le flux d'ensemble sur l'autonomie des parties qui ne sont annoncées par aucun titre. D'où, à la lecture du recueil, le sentiment d'un tressage des textes plus que d'une succession nettement ponctuée. De ce mouvement d'ensemble Desnos a précisé le déroulement formel dans une page manuscrite : « Dix huitains classiques / dix huitains en argot / quatre sonnets / neuf sixains / deux sonnets / quatre huitains classiques / trois sixains / un huitain en argot / deux huitains classiques*[2]*. » Dans cette répartition des formes, les huitains d'octosyllabes, présents au début, au milieu et à la fin de l'ensemble en assurent de façon allègre la continuité. Les sixains, en particulier dans leur première apparition, font contraste par leur caractère massif — les vers s'y déployant jusqu'à seize syllabes et favorisant un souffle oratoire, voire démonstratif. Les sonnets, encadrant les sixains, s'individualisent par leur forme close et l'usage de l'alexandrin.*

Que les préoccupations de technique poétique aient eu leur rôle dans l'élaboration de Calixto, *il suffit pour s'en convaincre de consulter*

1. Voir *L'Étoile de mer*, Cahiers Robert Desnos publiés par l'association des Amis de Robert Desnos, n° 6, 2001, p. 32-48.

2. Bibliothèque littéraire Jacques Doucet, la page manuscrite DSN 894/18. Ce plan semble être à la fois un programme à suivre et le constat des parties réalisées — marquées d'une croix : le début et la fin semblent alors acquis, la partie médiane restant à combler, soit le groupe de deux sonnets, les quatre huitains classiques centraux et le groupe de trois sixains. Des calculs, évaluant le nombre des vers, complètent cette page. Dans son décompte, Desnos n'a pas mentionné le distique final.

certains manuscrits de travail où rythmes, rimes, agencements sonores sont l'objet d'une attention méticuleuse. Par ailleurs Desnos note que « la poésie se paie de mots et [qu']elle ne peut faire autrement[1]*. » Ce qui ne saurait la tenir hors des « plus graves questions : le bonheur, le devenir des hommes, la nature de l'être*[2]*. » À ces questions,* Calixto *ne se dérobe pas : l'on y décèle une déclaration résolue d'athéisme que les progrès dans la connaissance scientifique viennent conforter. De la naissance à la mort, le destin humain s'écrit sur terre, dans un cosmos dont les lois ne sont pas tournées vers l'homme. Aussi Desnos en vient-il à suspecter « la poésie-drogue » qui donne consistance réelle à ce qui ne relève que du rêve ou de l'imagination. Assurément la poésie use de la magie des images, mais « l'image n'est pas toute la poésie*[3]*. » En particulier, il y a pour le poète une « physique de la poésie » qui doit tenir compte de la « ressemblance entre l'inspiration et le désir. » Certes « le meilleur poème n'assouvit pas son auteur*[4]* », mais, avec Baffo par exemple, la poésie assume cette dimension érotique dont Desnos disait dès 1923 qu'elle était constitutive de l'être humain et relevait de la philosophie : « Toute philosophie est incomplète, dont la morale ne comporte pas une "Érotique"*[5]*. »*

Dans Calixto, *les deux parties en sixains dont les vers se déploient au-delà de l'alexandrin nous semblent consacrées à développer des choix philosophiques auxquels l'incertitude des circonstances historiques donne peut-être une urgence accrue : il faut savoir ce qu'est l'homme et ce que l'on peut attendre de lui pour le défendre dans un combat risqué.*

Dans un discours véhément, le poème « Cesse, ô Calixto, de crier… », tend à conjurer la perte des plaisirs les plus simples et quotidiens : « Ah ! que le destin nous préserve toujours du pain sans levain, / Des nuits sans rêves, des ciels sans astres et des caves sans vin », tout en rappelant à l'homme qu'il ne peut compter que sur lui-même dans un monde qui l'ignore : « Et s'il est une cause au tourbillon d'étoiles et

1. « Notes Calixto », voir p. 97.
2. *Ibid.*
3. Voir p. 96.
4. Voir p. 98. On pense à la formule de René Char : « Le poème est la réalisation du désir demeuré désir. »
5. *Œuvres*, p. 179.

d'atomes / [...], si elle est, elle est indifférente à nous, / À nos vertus et à nos lois. Époussetez donc vos genoux[1] *! »*

En écho à cette harangue, une idylle naïvement tendre décrit le bonheur d'un couple naissant, celui de l'avenir, « le couple parfait », lavé du péché originel : « On dit, et de cela on est sûr, qu'ils sont les enfants de la terre / Que leurs vertus, leurs pensées et leurs désirs ignorent tout ce qui n'est pas la terre, / Qu'ils goûteront sans danger à tous les fruits[2]*. »*

Entre cette profession de foi matérialiste et ce conte laïc, situés l'un et l'autre hors temps, la suite des séquences en huitains revient à la situation la plus immédiate, celle où le poète se débat. Sa pensée, où passent des fantasmes érotiques, est tendue vers l'attente d'une délivrance — celle que doit apporter le débarquement allié : « Avec des femmes que j'ignore, / Ô mes amis d'Outre-Océan [...] / Vous déterrez la mandragore. / Je suis toujours du même clan, / Je guette au même sémaphore, [...] / Le prochain signal de morte-eau[3]*. » Est-ce en réponse à l'évocation de ces amis lointains que Desnos, dans la deuxième séquence de huitains, désigne un* hic et nunc *précis : « Baignant nos pieds, voici la Saône / Voici des ponts, voici du vent, / Voici Lyon et voici le Rhône*[4] *», où semble se dérouler une scène érotique : « Car cette nuit est nuit de noces », « Un couple, sous le ciel, s'épouse » — couple préfigurant peut-être celui du conte qui va suivre. Rappel peut-être aussi d'un moment de jouissance volé à la mort qui menace ?*

« Comme aux jours de la nef Argo / Dont les marins parlaient argot »

L'irruption de strophes en argot dans un poème en langue classique est sans doute la hardiesse formelle qui donne à Calixto *sa saveur particulière : « le satané "langage noble"*[5] *» accueille en son sein la*

1. Voir p. 82.
2. Voir p. 88.
3. Voir p. 73 et 100.
4. Voir p. 86.
5. *Œuvres*, p. 1203.

forme la plus extrême de la « poésie populaire et secrète[1] ». *Comme l'a superbement montré Victor Hugo*[2] *dans* Les Misérables, *l'argot est la langue des pauvres, de la pègre, des opprimés, des « ténébreux*[3] ». *C'est « toute une langue dans la langue*[4] », *qui donne la parole à ceux qui en sont privés et leur permet une entente secrète. C'est une langue qui, sous des aspects facétieux, libère les passions autrement réduites au silence. L'argot, qui libère la parole empêchée, est d'abord d'usage oral. Mais, avec Villon par exemple, il s'inscrit dans le panthéon littéraire. Contestataire ou transgressif, l'argot fait partie de la littérature.*

C'est bien à cet argot littéraire que Desnos a recours dans Calixto. *Le poète y trouve à la fois la jubilation de dire, sous couvert, ce qui doit être tu, mais plus encore, il y expérimente ce qu'il considère comme la forme la plus accomplie de la poésie. Par la formule « L'argot et ses sens incertains, vibrants, oscillants. Le langage poétique*[5] », *Desnos identifie le fonctionnement du langage poétique à celui de l'argot ; une même oscillation du sens les caractérise : à la signification univoque du discours ordinaire, la poésie comme l'argot oppose le déploiement possible de sens variés. « Théorie du double sens (immédiat et second) indispensable à la poésie*[6] », *note le poète : le poème doit laisser entendre un autre sens sous le sens offert à la première lecture. C'est ainsi que, dans les circonstances les plus répressives, « la poésie peut parler de* tout *en* toute *liberté*[7] », *car le dit couvre l'interdit.*

Dès « Le Fard des Argonautes », en 1919, Desnos laissait entendre cette vocation à l'ambiguïté de la poésie et dans Calixto, *l'allusion aux*

1. Voir p. 95.
2. Desnos ne cite pas Victor Hugo dans ses « Notes ». Il préfère citer Villon ou Pierre Devaux qui offrent des exemples d'argot, alors que Victor Hugo développe une longue défense de l'argot face à l'incompréhension des « lettrés ». Toutefois, sous le nom de Lucien Gallois, Desnos a consacré un sonnet « Le Legs » (*Œuvres*, p. 1245) à la défense de Victor Hugo, dont les collaborateurs essayaient d'utiliser le nom pour leur propagande.
3. Victor Hugo, *Œuvres romanesques complètes*, Jean-Jacques Pauvert, 1962, p. 711.
4. *Ibid.*
5. Voir p. 96.
6. *Ibid.*
7. *Œuvres*, p. 1205.

« jours de la nef Argo » renvoie moins aux temps mythiques qu'aux débuts littéraires du poète. Le « fard » de 1919 se trouve vite relayé en 1922 par les jeux de Rrose Sélavy, créateurs eux aussi d'une langue dans la langue à la manière de l'argot : « L'argot de Rrose Sélavy, n'est-ce pas l'art de transformer en cigognes les cygnes[1] *? » Ces raffinements littéraires, s'ils manifestent l'intérêt précoce du poète pour les doubles fonds de la langue, laissent surtout entendre une jouissance virtuose dans l'usage qui en est fait.*

Cette jouissance reste perceptible dans les strophes en argot de Calixto. *En 1943, pour le poète « traqué », « prisonnier aux aguets », l'argot est devenu le moyen de débonder sa colère et sa haine contre l'oppresseur. En écho aux sonnets d'« À la caille » qui fustigent Pétain, dit « Maréchal Ducono », ou Pierre Laval, dit « Pétrus d'Aubervilliers », les strophes argotiques de* Calixto *jettent de façon jubilatoire l'anathème sur l'occupant et les collaborateurs qui le soutiennent. L'usage humoristique de l'argot proposé par Pierre Devaux dans* Les Dieux verts *vire, sous la plume de « Canrobert », à l'insulte ordurière. Si les éléments — feu, eau, air, terre — sont appelés à la rescousse pour liquider l'ennemi, c'est l'action des résistants qui est mise en avant :*

Mais plus que rif, air, bouzin, lance
Feront les pognes des butteurs
Pour liquider la connivence
Et le sapement en instance[2].

« Signé "Canrobert" ou "Gigot" »

La dernière strophe en argot de Calixto *s'achève par une signature qui fait de multiples manières écho. D'abord et de toute évidence écho à un maréchal de France tenace dans l'optimisme, qui terminait régulièrement ses rapports de campagne en Crimée par « Tout va bien, signé*

1. *Œuvres*, p. 509.
2. Voir p. 75. La transcription des strophes en argot, due à Alain Chevrier, se trouve dans les notes de *Calixto*, p. 111 et 117.

Canrobert[1] *». Écho également à ces emprunts onomastiques dont Desnos était coutumier. Ainsi, dans les années vingt, Desnos pouvait se sentir investi d'une vocation révolutionnaire par ses prénoms Robert Pierre qui rappelaient le nom de Robespierre ; dans les années trente, parmi les « Sans cou », il déclinait ses identités variées : « "Vous avez le bonjour, / Le bonjour de Robert Desnos, de Robert le Diable, de Robert Macaire, de Robert Houdin, de Robert Robert, de Robert mon oncle" / J'en passe et des meilleurs*[2]*. » Un tel Frégoli allait donc trouver en 1943 son ultime métamorphose, l'une des plus significatives, eu égard à la situation du moment. Le message final de* Calixto *devait être entendu comme « Tout va bien, signé Canrobert / Robert Desnos. »*

Cet optimisme était-il fondé ? En septembre 1943 — date d'achèvement de Calixto *que Desnos a pris soin d'indiquer —, le sort de la guerre était en train de changer : Rommel était battu en Afrique ; les Anglo-Américains avaient débarqué en Italie pendant l'été ; l'Armée Rouge reprenait l'offensive sur le front est ; les bombardements alliés se multipliaient sur l'Allemagne et sur la France. Les conditions semblaient réunies pour qu'un prochain débarquement allié ait lieu et mette enfin l'occupant hors de France. Dans l'opinion publique l'espoir d'une fin prochaine du conflit se propageait*[3]*. Desnos lui aussi espérait proche « le jour de la Saint-Bâton » : « Elle n'est pas folle la guêpe / Qui, dans la noye, ô Calixto / Entrave ce jour pour bientôt*[4]*. »*

Ces prévisions d'une libération proche se trouvèrent démenties par le cours plus lent des événements : les Allemands opposaient une forte résistance en Italie, le débarquement de Normandie n'interviendrait

1. Ce maréchal valeureux peut être opposé au maréchal Ducono, comme plus haut le général cubain, Calixto Garcia, peut être assimilé au général résistant de Gaulle.

2. « Aux sans cou », *Œuvres*, p. 938-939.

3. De ce point de vue, le Journal de Gaston Sterckeman apporte de précieuses informations au jour le jour. Voir César Fauxbras (pseudonyme de Gaston Sterckeman), *Le Théâtre de l'Occupation, Journal 1939-1944*, Éditions Allia, 2012. Il note le 20 juillet 1943 : « Les gens croient que la fin de la guerre est pour cette année (p. 143). » ; le 3 septembre : « Tout le monde croit à la fin de la guerre pour novembre ou décembre (p. 145). »

4. Voir p. 76.

qu'en juin 1944. Le « tout va bien » de Desnos/Canrobert relevait donc de l'acte de foi — ou de la méthode Coué — plus que d'une estimation exacte de la situation militaire. Le moment était toutefois venu pour Desnos d'inciter à une mobilisation pour la lutte armée dans Paris. « Gigot », c'est-à-dire « J'y vais », indique clairement que Desnos allait passer à l'action directe[1].

*

La liberté, l'amour, la poésie, cette trilogie de valeurs indissociables, hautement revendiquée par Desnos au temps du surréalisme, restait d'actualité au moment où s'achevait Calixto. *Une ultime note de janvier 1944, qui joue sur les trois termes, se termine par cette pirouette désinvolte : « Pas besoin de se tourmenter. Comme dans la chanson : "C'est l'amour qui nous la rendra la… la poésie"*[2]*. » Ici un mot en laisse entendre un autre : sous la poésie, la liberté. En effet, Desnos renvoie son lecteur à la valse des* Saltimbanques[3], *dont voici quelques vers :*

Après le sombre orage
Vient le soleil doré
Après notre esclavage
Viendra la liberté […]

C'est l'amour qui flotte dans l'air à la ronde
C'est l'amour qui console le pauvre monde

1. Desnos, aux côtés du poète André Verdet, venu de Lyon à Paris, participa à quelques tentatives de sabotage. « Le Veilleur du Pont-au-Change » va plus loin : « Et je vous dis que je veille et que j'ai abattu un homme d'Hitler. / Il est mort dans la rue déserte / Au cœur de la ville impassible j'ai vengé mes frères assassinés / Au Fort de Romainville et au Mont Valérien. » *Œuvres*, p. 1255.

2. *Œuvres*, p. 1205.

3. *Les Saltimbanques*, opérette dont la musique avait été composée par Louis Ganne, obtint un grand succès dès sa création en 1899. La valse « C'est l'amour » n'avait cessé d'être fredonnée par la suite. Desnos pouvait compter sur la mémoire du lecteur pour décrypter « liberté » sous « poésie ».

C'est l'amour qui rend chaque jour la gaîté
C'est l'amour qui nous rendra la liberté.

« Pas besoin de se tourmenter », dit le poète : est-ce si sûr ? En recourant à cette rengaine populaire n'essayait-t-il pas au contraire de calmer une sourde inquiétude que son arrestation le 22 février allait confirmer ? Ce jour-là Desnos perdait la liberté. Mais, emprisonné, il n'allait pas cesser de miser jusqu'à son dernier souffle, le 8 juin 1945, sur la poésie et l'amour. Mourant libéré au camp de Terezin, il avait pu dire aux jeunes Tchèques qui l'assistaient et avaient reconnu son nom : « Oui, oui ! Robert Desnos, poète français, c'est moi ! C'est moi[1] ! » Il avait pu évoquer pour eux Youki, Paris où il fait bon vivre, les amis à retrouver.

Canrobert donnait le dernier mot à Robert Desnos.

*

« Il n'est de beau poème qu'un poème imposé à l'auteur par une puissance intime[2]. » Cette remarque de Desnos nous paraît éclairer sa relance de l'activité poétique en 1943. Si pressantes qu'aient été les contraintes que l'Occupation imposait, si incitante à l'écriture que se soit montrée la lecture de la grande tradition poétique — française, espagnole ou italienne —, si stimulante que se soit révélée la confrontation de la poésie avec la science, la convergence de toutes ces sollicitations n'aurait pas suffi à Desnos pour reprendre en 1943 une vie de poète — qu'il avait eu l'impression d'« enterrer » dans la postface de Fortunes *en 1942 — si cette « puissance intime » qui chez lui lie de façon intense l'érotisme et le goût de la liberté ne s'était imposée à sa pensée. C'est d'abord à ces « circonstances » personnelles que* Contrée *et* Calixto *ont répondu. Le message de résistance à l'occupant est certes perceptible dans ces recueils, mais à travers les exaltations et les fan-*

1. Témoignage d'Alena Kalouskova Tesarova, dans *Signes du temps*, n° 5, 1950.
2. *Mines de rien*, p. 127, « Économie poétique », *Aujourd'hui*, 18 juin 1941.

tasmes d'une imagination qui ne trouvait à se satisfaire que dans l'activité poétique elle-même. Les poèmes de Contrée *et de* Calixto *ont répondu d'abord à une urgence intime dont la violence parfois délirante trouvait à s'exprimer dans l'exercice d'une poétique méditée et dans l'affrontement d'une situation destructrice. « La poésie peut être ceci ou cela. Elle ne doit pas être forcément ceci ou cela… sauf délirante et lucide*[1]*. » Cette ardeur clairvoyante a toujours eu pour foyer une image féminine, littéraire ou légendaire, comme Rrose Sélavy, Louise Lame ou Calixto, aimée de corps et d'âme, comme Yvonne ou Youki. Et le débat fut toujours : la poésie conciliera-t-elle l'amour avec la liberté ? Peut-être est-il encore ouvert.*

MARIE-CLAIRE DUMAS

1. *Œuvres*, p. 1204.

CONTRÉE

À Youki

LA CASCADE

Quelle flèche a percé le ciel et le rocher ?
Elle vibre. Elle étale, ainsi qu'un paon, sa queue
Ou, comme la comète à minuit vient nicher,
Le brouillard de sa tige et ses pennes sans nœuds.

Que surgisse le sang de la chair entr'ouverte,
Lèvres taisant déjà le murmure et le cri,
Un doigt posé suspend le temps et déconcerte
Le témoin dans les yeux duquel le fait s'inscrit.

Silence ? nous savons pourtant les mots de passe,
Sentinelles perdues loin des feux de bivouac
Nous sentirons monter dans les ténèbres basses
L'odeur du chèvrefeuille et celle du ressac.

Qu'enfin l'aube jaillisse à travers tes abîmes,
Distance, et qu'un rayon dessine sur les eaux,
Présage du retour de l'archer et des hymnes,
Un arc-en-ciel et son carquois plein de roseaux.

LA RIVIÈRE

D'un bord à l'autre bord j'ai passé la rivière,
Suivant à pied le pont qui la franchit d'un jet
Et mêle dans les eaux son ombre et son reflet
Au fil bleui par le savon des lavandières.

J'ai marché dans le gué qui chante à sa manière.
Étoiles et cailloux sous mes pas le jonchaient.
J'allais vers le gazon, j'allais vers la forêt
Où le vent frissonnait dans sa robe légère.

J'ai nagé. J'ai passé, mieux vêtu par cette eau
Que par ma propre chair et par ma propre peau.
C'était hier. Déjà l'aube et le ciel s'épousent.

Et voici que mes yeux et mon corps sont pesants,
Il fait clair et j'ai soif et je cherche à présent
La fontaine qui chante au cœur d'une pelouse.

LE COTEAU

Derrière ce coteau la vallée est dans l'ombre,
L'odeur du bois qui flambe et de l'herbe parvient
Jusqu'au désert présent, lueurs et rocs sans nombre,
Avec des cris d'enfant et des abois de chien.

Les cris sont déchirants de l'enfant qu'on égorge.
Le chien appelle en vain. Un sort est sur ces lieux.
Rien n'est réel ici que cette odeur de forge
Qui nous berce et nous saoule et nous rougit les yeux.

L'aube peut revenir et le soleil nous prendre.
En vain : les aboiements et les cris perceront
L'épaisseur de la nuit, l'épaisseur de la cendre
Qui remplissent nos cœurs, qui brûlent sous nos fronts.

LA ROUTE

Une route est près d'ici,
J'entends le bruit des voitures,
Le vent, les pas indécis
D'une lourde créature
Qui va, qui vient, qui soupire,
Trébuche sur les cailloux,
Implore, mendie, expire.
Est-ce un dieu ? Est-ce un voyou ?

Lourdement sa main se dresse
Sur la prairie des cheveux.
Elle esquisse une caresse
Et crispe ses doigts nerveux.
Enfin le restant du corps
Surgit droit jusqu'aux nuages
Et le soleil couvre d'or
Le géant des marécages.

Est-ce Hercule ? Ou est-ce Atlas ?
Il marche à travers la plaine.
De son long sans un hélas
Il tombe et perd son haleine.
Il recouvre de sa masse
Le paysage en entier

Et puis plus rien, plus de trace,
Ni colline, ni sentier.

Moins réel que les mirages
Ainsi disparaît celui
Qui voulait dicter aux âges,
Aux vents, aux jours et aux nuits.

LE CIMETIÈRE

Ici sera ma tombe, et pas ailleurs, sous ces trois arbres.
J'en cueille les premières feuilles du printemps
Entre un socle de granit et une colonne de marbre.

J'en cueille les premières feuilles du printemps,
Mais d'autres feuilles se nourriront de l'heureuse pourriture
De ce corps qui vivra, s'il le peut, cent mille ans.

Mais d'autres feuilles se nourriront de l'heureuse pourriture,
Mais d'autres feuilles se noirciront
Sous la plume de ceux qui content leurs aventures.

Mais d'autres feuilles se noirciront
D'une encre plus liquide que le sang et l'eau des fontaines :
Testaments non observés, paroles perdues au-delà des
monts.

D'une encre plus liquide que le sang et l'eau des fontaines
Puis-je défendre ma mémoire contre l'oubli
Comme une seiche qui s'enfuit à perdre sang, à perdre
haleine ?

Puis-je défendre ma mémoire contre l'oubli ?

LA CLAIRIÈRE

Le socle sans statue, à l'ombre de ces arbres
S'enfonce dans le sol un peu plus chaque jour
Sous l'invisible poids d'un fantôme de marbre
Qui le piétine et le talonne et se fait lourd.

À moins qu'en s'en allant vers un fatal banquet
Le commandeur ne l'ait renvoyé au naufrage.
Comme un caillou qu'on jette à l'eau, du bord des plages,
Il fait mouche à sa cible et rejoint son reflet.

Mais je devrais entendre, au moins, près de l'étang
La fanfare sonnée par Don Juan qui l'invite…
La voici, les échos la portent, je l'entends.
Je sens sous mes deux pieds la terre qui palpite.

LA CAVERNE

Voici dans les rochers l'accès du corridor,
Il descend, dans la nuit, au cœur de la planète.
Le bruit du monde ici se dissout et s'endort.
À son seuil le soleil et la lune s'arrêtent.

Eurydice est passée par là, voici son pied
Dans la terre marqué mais la piste se brise,
La phrase s'interrompt, le serment est délié,
Le cavalier se cabre et se fixe à la frise.

Ces autres pas qui vont ailleurs sont ceux d'Orphée,
L'éclipse est terminée et le ciel resplendit
En nous rendant notre ombre et sa maison hantée.

Loin, derrière un fourré d'épines et de roses
La ménade s'endort dans le bois interdit.
Un nuage est au ciel comme une fleur éclose.

LE SOUVENIR

M'étant par bonheur attardé,
En flânant dans les avenues,
À votre fenêtre accoudée
Je vous ai bien surprise nue,
Mais mon cœur était accordé.

Mais mon cœur était accordé
À des voix de très loin venues.
Le noir de l'ombre avait fardé
Les grands yeux blancs de la statue
Du carrefour où j'ai rôdé.

Venant d'Arcueil ou de Passy
Un vent frais soufflait dans la rue :
Je suis passé, c'était ici
Et je vous ai surprise nue
Tachant de blanc la molle nuit.

Feuille morte des temps passés,
Fantôme une nuit apparue,
Beaux drapeaux au matin hissés,
Qu'êtes-vous belle devenue,
Dans Paris la ville pressée ?

Pressée de vivre et de flamber,
Impassible et bien vite émue,
De tant de nuits vite tombées,
Telle celle où vous étiez nue
À votre fenêtre accoudée.

LA PROPHÉTIE

D'une place de Paris jaillira une si claire fontaine
Que le sang des vierges et les ruisseaux des glaciers
Près d'elle paraîtront opaques.
Les étoiles sortiront en essaim de leurs ruches lointaines
Et s'agglomèreront pour se mirer dans ses eaux près de la
Tour Saint-Jacques.

D'une place de Paris jaillira une si claire fontaine
Qu'on viendra s'y baigner, en cachette, dès l'aurore.
Sainte Opportune et ses lavandières seront ses marraines
Et ses eaux couleront vers le sud venant du nord.

Un grand marronnier rouge fleurit à la place
Où coulera la fontaine future,
Peut-être dans mon grand âge
Entendrai-je son murmure ;

Or le chant est si doux de la claire fontaine
Qu'il baigne déjà mes yeux et mon cœur.
Ce sera le plus bel affluent de la Seine,
Le gage le plus sûr des printemps à venir, de leurs oiseaux
et de leurs fleurs.

LE SORT

J'ai souhaité ta mort et rien ne peut l'empêcher de venir
prématurément
Je t'ai vu couvert de sueur et de sanies
À l'instant même de ton agonie
Et tout en toi était cruel et dément.

Écoute. Ce jour-là un gros nuage s'élevait des collines de
Bicêtre
Et montait derrière le Dôme du Val-de-Grâce.
Un enfant criait qui venait de naître,
Rue Saint-Jacques, dans une maison basse.

Rien ne peut désormais te sauver de la honte et de la douleur
Car mon souhait avait la saveur des choses qui se réalisent.
Déjà d'imperceptibles signes physiques, dans ton esprit et
dans ton cœur,
T'avertissent qu'il est temps et adieu la valise.

Rien ne te servirait de pleurer et te repentir,
Rien ne te servirait d'avoir une attitude noble,
Car le néant est ton seul devenir
Et ton nom ne survivra pas dans les proverbes du peuple.

Le nuage noir a débordé le Val-de-Grâce et Saint-Sulpice,
Il s'est longuement reflété dans la Seine avant de se
résoudre en orage.
Moi je le regardais du haut d'une blanche bâtisse
Et son tonnerre a libéré de grands oiseaux de leur cage.

LA MOISSON

Incroyable est de se croire
Vivant, réel, existant.
Incroyable est de se croire
Mort, feu, défunt, hors du temps.
Incroyable est de se croire
Et plus incroyable encore
De se croire, pour mémoire,
Un rêve, une âme sans corps

Belles roses du passé,
Roses, odorantes roses,
Qui dès l'aube frémissez,
À la nuit déjà décloses,
Votre sort rapide et long
Est égal à nos années
Même si, dans le salon,
On vous apporte fanées.

Nos dieux étaient trop fragiles,
C'étaient de petites gens,
Dans un petit domicile,
Vivant de fort peu d'argent.
Plus grande est notre fortune
Et plus sombre est notre sort.

Nous ne voulons pas la lune.
Nous ne craignons pas la mort.

Par nos cinq sens ligoté
Notre univers rapetisse.
Adieu rêve, adieu beauté !
De vous je fais sacrifice
Au monde trop limité.

LA SIESTE

Cent mille années dans mon sommeil d'après-midi
Ont duré moins longtemps qu'une exacte seconde.
Je reparais du fond d'un rêve incontredit
Dans la réalité de ma chair et du monde.

Je retrouve en ma bouche une ancienne saveur
Et des noms de jadis et des baisers si tendres
Que je ne sais plus qui je suis ni si mon cœur
Bat dans le sûr présent ou le passé de cendres.

Éclatez ! Ô volcans ! du fond des souvenirs,
Noyez sous votre lave un esprit qui se lasse,
Brûlez les vieux billets et puissiez-vous ternir
À jamais le miroir dont le tain mord la glace.

LA VILLE

Se heurter à la foule et courir par les rues,
Saisi en plein soleil par l'angoisse et la peur,
Pressentir le danger, la mort et le malheur,
Brouiller sa piste et fuir une ombre inaperçue,

C'est le sort de celui qui, rêvant en chemin,
S'égare dans son rêve et se mêle aux fantômes,
Se glisse en leur manteau, prend leur place au royaume
Où la matière cède aux caresses des mains.

Tout ce monde est sorti du creux de sa cervelle.
Il l'entoure, il le masque, il le trompe, il l'étreint,
Il lui faut s'arrêter, laisser passer le train
Des créatures nées dans un corps qui chancelle.

Nausée de souvenirs, regrets des soleils veufs,
Résurgence de source, écho d'un chant de brume,
Vous n'êtes que scories et vous n'êtes qu'écume.
Je voudrais naître chaque jour sous un ciel neuf.

LA MAISON

Trois fois le vent, plus libre et plus furieux qu'un ange,
A soufflé dans son cor auprès de la maison.
Qu'un ange ? C'est un ange évadé de prison
Qui descend l'escalier mais que l'ombre dérange,

L'ombre qui le repousse et dont la toile étrange
Accroche des soleils aux fils de l'horizon
Et plus de vers luisants qu'il n'en est au gazon
Ou dans l'obscurité protectrice des granges.

Il descend et son pas tinte dans l'escalier
Comme un pot de cristal sur le sol du cellier.
Il descend, il atteint déjà le vestibule.

Le porche s'ouvre en grand sur l'entonnoir des nuits.
J'écoute et l'imagine. Il marche, il sort, il fuit,
Il vole dans un ciel crevé de péninsules.

LE PAYSAGE

J'avais rêvé d'aimer. J'aime encor mais l'amour
Ce n'est plus ce bouquet de lilas et de roses
Chargeant de leurs parfums la forêt où repose
Une flamme à l'issue de sentiers sans détour.

J'avais rêvé d'aimer. J'aime encor mais l'amour
Ce n'est plus cet orage où l'éclair superpose
Ses bûchers aux châteaux, déroute, décompose,
Illumine en fuyant l'adieu du carrefour.

C'est le silex en feu sous mon pas dans la nuit,
Le mot qu'aucun lexique au monde n'a traduit
L'écume sur la mer, dans le ciel ce nuage.

À vieillir tout devient rigide et lumineux,
Des boulevards sans noms et des cordes sans nœuds.
Je me sens me roidir avec le paysage.

LA NUIT D'ÉTÉ

Aux rosiers remontants ta robe déchirée
Accroche des lambeaux, les vapeurs du matin.
Tu mêles en marchant les lilas et le thym
Aux fleurs d'autres saisons et d'une autre contrée.

Tu te diriges vers le bois, là où l'orée
Ouvre un chemin retentissant de cris lointains.
Le feu de la Saint-Jean dans le vallon s'éteint.
La nuit, la courte nuit, déjà s'est égarée.

Jeune fille aux beaux seins, au regard sans lumière,
J'ai déjà vu tes sœurs. Tu n'es pas la première
À te perdre en courant les jardins et les champs.

Quand, à travers la haie, tu te fis un passage
La ronce t'a griffé la cuisse et le visage
Et le ciel a pâli au bruit de nouveaux chants.

LA PESTE

Dans la rue un pas retentit. La cloche n'a qu'un seul battant. Où va-t-il le promeneur qui se rapproche lentement et s'arrête par instant ? Le voici devant la maison. J'entends son souffle derrière la porte.

Je vois le ciel à travers la vitre. Je vois le ciel où les astres roulent sur l'arête des toits. C'est la grande Ourse ou Bételgeuse, c'est Vénus au ventre blanc, c'est Diane qui dégrafe sa tunique près d'une fontaine de lumière.

Jamais lunes ni soleils ne roulèrent si loin de la terre, jamais l'air de nuit ne fut si opaque et si lourd. Je pèse sur ma porte qui résiste…

Elle s'ouvre enfin, son battant claque contre le mur. Et tandis que le pas s'éloigne je déchiffre sur une affiche jaune les lettres noires du mot « Peste ».

LA NYMPHE ALCESTE

Tu es née, à minuit, du baiser de deux sources,
Alceste, et l'univers ne t'offre que reflets,
Lueurs, lampe allumée au lointain, feux follets
Et dans le ciel les sept flambeaux de la Grande Ourse.

Il fait noir et, partant au signal de la course,
Tu ne soupçonnes pas que la nuit se soumet
Et se dissout quand le soleil, sur les sommets,
Par le chant des oiseaux répand l'or de sa bourse.

Je sais que reviendront l'aurore et le matin.
Je les ai vus, tu les verras, j'en suis certain.
Déjà mon cœur se gonfle au rythme de leur danse.

Mais saurai-je à ta sœur qui doit naître en plein jour,
Nymphe Alceste, annoncer, dès midi, le retour
Du crépuscule, de la nuit et du silence ?

LA VOIX

Une voix, une voix qui vient de si loin
Qu'elle ne fait plus tinter les oreilles,
Une voix, comme un tambour, voilée
Parvient pourtant, distinctement, jusqu'à nous.

Bien qu'elle semble sortir d'un tombeau
Elle ne parle que d'été et de printemps,
Elle emplit le corps de joie,
Elle allume aux lèvres le sourire.

Je l'écoute. Ce n'est qu'une voix humaine
Qui traverse les fracas de la vie et des batailles,
L'écroulement du tonnerre et le murmure des bavardages.

Et vous ? ne l'entendez-vous pas ?
Elle dit « La peine sera de peu de durée »
Elle dit « La belle saison est proche ».

Ne l'entendez-vous pas ?

LA VENDANGE

Les fauves sont partis, soumis au vendangeur
Tandis qu'en la cité, construite à son de flûte,
Au cirque, le laurier se fane après la lutte,
Que le nom des champions s'efface au mur d'honneur.

Le cortège s'éloigne. Il passe les hauteurs,
Des tas de soldats tués pourrissent sous les buttes,
La terre, ivre de sang, transpire, écume, jute
Et d'un fumier puissant submerge les vainqueurs.

Toi seul restes toi-même, ô Vin, dans tes barriques,
Tu teindras notre bouche à tes couleurs magiques,
Puis nous irons rejoindre en terre les palais

Dont la cloche rythmant la chanson des cigales,
Se tait, comme autrefois la flûte et les cymbales.
Le vent même s'est tu. Le tonnerre se tait.

L'ÉQUINOXE

Un coq à d'autres coqs répond. Le temps est gris,
L'équinoxe roulant ses tonneaux à grand-peine
Depuis la mer du Nord jusqu'aux bords de la Seine
À travers les odeurs, les éclairs et les cris.

Le corps décapité de l'évêque Denis
Saigne avec les raisins d'Argenteuil et Suresnes.
On enchaîne à des chars des héros et des reines.
Les temples, un à un, croulent sur les parvis

Mais, tout à l'heure encore, un arc-en-ciel de nuit
Enjambait la vallée et la lune vers lui
Roulait. Le jour parut et tout ne fut que brume.

Mérite-t-il vraiment le nom de jour, ce jour
Dont s'encrasse la ville et la vie et l'amour ?
Oui, car la flamme enfin, dans le brouillard s'allume.

LA PLAGE

Sur la plage où blanchit la mer dans les ténèbres,
Où le figuier frémit sous le poids des oiseaux,
Un homme, à demi-voix, n'a prononcé qu'un mot :
Celui qui l'a reçu s'éloigne sous les cèdres.

Il est l'heure. Bacchus entreprend sa conquête.
Un rendez-vous l'accable et, comme un ruisseau sourd,
L'espace le pénètre. Il fit nuit. Fait-il jour ?
Qu'importe, dispersez les foyers de la fête.

Dans un pays de bois et de fraîches rivières
Un homme sent couler, dans ses veines, son sang.
Il connaît ce pays, ces hommes, leur accent.
Déjà l'odeur du sol lui était familière.

Sur la plage celui qui livra le secret
Gît avec un poignard entre les deux épaules,
Mais sa voix flotte encor sur l'eau, le long du môle
Et répète le mot d'où naquit son regret.

Sans cesse elle redit ces syllabes : Corinthe,
Et la terre gémit de langueur et de crainte.

L'ASILE

Celui-là que trahit les rages de son ventre
Et que tel pâle éclair de ses nuits a, souvent,
Humilié, s'humilie. Il se soumet, il entre
À l'asile de fous comme on entre au couvent.

Puissé-je rester libre et garder ma raison
Comme un sextant précis à travers les tempêtes,
Lieux d'asile mon cœur, ma tête et ma maison
Et le droit de fixer en face hommes et bêtes.

Vertu tu n'es qu'un mot, mais le seul mot de passe
Qui m'ouvre l'horizon, déchire le décor
Et soumet à mes vœux l'espéré Val-de-Grâce

Où le sage s'éveille, où le héros s'endort.
Que le rêve de l'un et la réalité
De l'autre soient présents bientôt dans la cité.

LE RÉVEIL

Entendez-vous le bruit des roues sur le pavé ?
Il est tard. Levez-vous. Midi à son de trompe
Réclame le passage à l'écluse et, rêvé,
Le monde enfin s'incarne et déroule ses pompes.

Il est tard. Levez-vous. L'eau coule en la baignoire.
Il faut laver ce corps que la nuit a souillé.
Il faut nourrir ce corps affamé de victoire.
Il faut vêtir ce corps après l'avoir mouillé.

Après avoir frotté les mains que tachait l'encre,
Après avoir brossé les dents où pourrissaient
Tant de mots retenus comme bateaux à l'ancre,
Tant de chansons, de vérités et de secrets.

Il est tard. Levez-vous. Dans la rue un refrain
Vous appelle et vous dit « Voici la vie réelle ».
On a mis le couvert. Mangez à votre faim
Puis remettez le mors au cheval qu'on attelle.

Pourtant pensez à ceux qui sont muets et sourds
Car ils sont morts, assassinés, au petit jour.

L'ÉPITAPHE

J'ai vécu dans ces temps et depuis mille années
Je suis mort. Je vivais, non déchu mais traqué.
Toute noblesse humaine étant emprisonnée
J'étais libre parmi les esclaves masqués.

J'ai vécu dans ces temps et pourtant j'étais libre.
Je regardais le fleuve et la terre et le ciel
Tourner autour de moi, garder leur équilibre
Et les saisons fournir leurs oiseaux et leur miel.

Vous qui vivez qu'avez-vous fait de ces fortunes ?
Regrettez-vous les temps où je me débattais ?
Avez-vous cultivé pour des moissons communes ?
Avez-vous enrichi la ville où j'habitais ?

Vivants, ne craignez rien de moi, car je suis mort.
Rien ne survit de mon esprit ni de mon corps.

CALIXTO

À S'ENDORMIR À LA LÉGÈRE,
AU BRUIT DES SOURCES, SOUS LE CIEL,
RÊVANT AU RYTHME PLANÉTAIRE,
ON PLONGE, GISANT, DANS LA TERRE
ET SI JAMAIS RÊVE AU RÉEL
RÉVÉLA SECRET OU MYSTÈRE
C'EST EN DORMANT AU BRUIT DES EAUX
ET DU VENT FERMANT SES CISEAUX.

À S'ENDORMIR À LA LÉGÈRE,
SUR LA TERRE, DANS QUEL FOUILLIS,
TERRIENS, SOMBREZ-VOUS ? LA FOUGÈRE
S'ÉCROULE EN PANIERS DE LINGÈRE
DANS UNE ARMOIRE DE TAILLIS
BRODÉS DE SOIE OÙ S'EXAGÈRE
LA LUMIÈRE, HORS DU MANTEAU,
DE TA CHAIR, NYMPHE CALIXTO.

Hors du manteau, la lumière
De ta chair, nymphe Calixto,
En pleine étoile se libère
Du clair de jour et nous éclaire
Tard ou, suivant la saison, tôt.
Mais qu'importe si l'on préfère,
Jailli du manteau de ta chair,
Ton cœur lui-même sombre et clair.

Que l'éclair sombre sur les rives
Où ta chair décline un couchant
Érotique au ciel où s'inscrivent
Nord, Sud, Est, Ouest et leurs dérives
Et les ourses qui dans ce champ
Vont brouter des herbes cursives,
Aurores, nuages, lueurs
Et boire aux rêves les sueurs.

C'est l'heure où les robes s'écroulent,
Où les cuisses, le ventre rond,
Un sourire sous la cagoule,
Les hanches, la croupe qui roule
Vigne promise au vigneron,
Au bain de la nuit qui s'écoule

S'abandonnent dans les baisers
Et s'irritent pour s'apaiser.

Avec des femmes que j'ignore,
Ô mes amis d'Outre-Océan,
Sous un plafond de météores
Vous déterrez la mandragore.
Je suis toujours du même clan,
Je guette au même sémaphore,
Nymphe prétexte, Calixto,
Le prochain signal de morte-eau.

Que ton chariot, avec ses roues,
Ne puisse franchir l'horizon,
Ou qu'Artémis, le vent en proue,
Te rencontre en ourse garoue
Et t'ajoute à ses venaisons,
Que ton sang colore la boue
Avec celui, ô libation,
Du fruit de ta parturition

Au ciel des couches solitaires
Enfantant des rêves de feu
Ou de glace ou sentant la terre.
Sur les étreintes adultères,
Sur l'équivoque et sur le jeu
Dessinant ton quadrilatère,
Tu es froide comme le Nord,
Nymphe en peine, vaisseau sans port.

Depuis longtemps tu fais la bête
Mais la belle est sous le manteau,
Ainsi dans le poisson l'arête,
Ainsi sous ta chair le squelette
Sur quoi se brise le couteau,
Ainsi la pensée en ta tête,

Le souvenir, le vœu, l'espoir,
La lumière pour mieux voir.

Et de même sous le langage
Se dissimulent maints secrets.
La toute belle en ses bagages
Cache l'étoile aux bons présages
Et le prisonnier aux aguets,
Rêve de belle et de voyages
Comme aux jours de la nef Argo
Dont les marins parlaient argot.

Au rif d'abord, sans qui les châsses
N'auraient plus que dalle à bigler
Et seraient creuses comme un glasse
Lorsque le siffleur en a clâsse,
Au rif d'abord, la bonne clé
Ouvrant les lourdes pour la câsse,
Au rif d'abord, donnons condé
Pour crônir ceux qui sont ladé.

À la tardé, dans le silence,
Amis, c'est pallas d'esgourder
À la source, bonir la lance.
À la tardé, pourtant méfiance
Car elle peut tout inonder
Tout estourbir dans sa violence.
Ah ! Que la lance à la tardé
Maccabe ceux qui sont ladé.

Pour escoffier ces yeux de bronze,
Que l'air se frime en pur cambouis
Avant qu'ils prennent le train onze.
Et qu'il les sale et les déronce,
Les entubant jusqu'aux ribouis,
Jusqu'au battant, jusqu'aux engonces !

Qu'il soit bléchard et débridé
Pour pourrir ceux qui sont ladé.

Quant au bouzin, quant à la crotte
Qui pavoise et fait son persil,
Lorsque la moulana bagotte
À fond de baba sur les mottes,
Que son bide en soit bien farci,
Et que jamais ils n'en déhottent.
Qu'elle soit un Bagneux fadé
Pour saper ceux qui sont ladé !

La grande borgne est loucedoque !
C'est encor marre pour leur blot
Lorsque, mettant les loucepoques,
Ils chialeront la lousseroque
De les assister au pajot
Tant ils auront la loussefroque
De voir les largues en pétard
À labactem les passer dar.

Notre sorgue à nous sera douce,
Toute au béguin, toute aux bécots.
Sans gaffer rien, même la rousse,
Nous pioncerons jusqu'à plus pouce.
Même n'ayant qu'un monaco
Nous le picolerons sans frousse
Tandis que les vers de sapin
Leur boufferont châsses et tarin.

Mais plus que rif, air, bouzin, lance
Feront les pognes des butteurs
Pour liquider la connivence
Et le sapement en instance.
C'est le boniment des lutteurs
Le cri des piafs, le jour de danse

Le coup de bambou au château,
C'est du billard, c'est du gâteau.

Mais toi Calixto la grande ourse
N'aurais-tu pas largué ton bled ?
Icicaille à tes grandes ourses,
Le raisiné cascade à sources
Rien n'est plus droit, tout est en Z.
Comme des faisans à la Bourse,
Les demi-sel se croient des mecs.
Mektoub ! un jour ils l'auront sec.

Car le trèpe est toujours le trèpe,
Il la boucle et prend ses biftons
Pour régler leur compte à ces crêpes,
Visant leur mesure de crêpe
Pour le jour de la Saint-Bâton.
Elle n'est pas folle la guêpe
Qui, dans la noye, ô Calixto
Entrave ce jour pour bientôt.

Les clignotantes dans la sorgue
En attendant font leur tapin,
Le bourguignon fait ronfler l'orgue
Pendant que se bourre la morgue,
Le piaf des bois gouale aux lapins
Et le piscaille à pleines forgues
Ripe en fusant dans les coinstos
Où le flot frise et fait château.

Dans l'allée où la nuit s'épaissit sous les chênes
Le pas lent d'un cheval retentit et, parfois
S'attarde. Un son de cor s'efface dans la plaine
Et les arbres jumeaux grincent de tous leurs bois

Comme le brodequin qu'aux mises en géhenne
On serrait sur le pied d'un captif aux abois.
Chambre ardente, réveils quand les hommes de peine
Chargent douze fusils pour outrager les lois.

Dans l'allée, à travers les feuilles de Septembre,
Je vois briller des nœuds d'étoiles à tes membres
Comme des feux de quart sur le pont des bateaux.

J'entends chanter un chant de meurtre et de torture
Par la coque et la barre et le bruit des mâtures
Imite un brodequin faisant craquer des os.

Par les arbres brisée en ténébreuse écume
La nuit connaît une agonie et sa fureur
Se transforme en cyclone où la flamme s'allume,
D'où le vent est absent, où le calme est terreur.

Tout est silence alors. La nébuleuse fume
Au trépied d'un destin convoité par la peur,
Le feu danse et, déjà, le marteau sur l'enclume
Attend le forgeron pour le dernier labeur.

Un milliard d'êtres souhaitaient voir ce spectacle
Et voici qu'en la nuit, où les constellations
Se rangent sans erreur en forme de pentacles,

Tout s'accomplit tandis que tout dort, homme ou femme ;
Ah ! que le jour se lève à la fin de l'action
Et je leur montrerai les vestiges du drame.

L'aube à la fin s'enfuit d'une cruche brisée
Quand tu trébuches, Calixto, et ta lanterne
Change et le paysage, avec lui-même, alterne
Révélant des tessons sur la terre baisée.

Tes baisers Calixto dans la vague alizée
Sont roulés et polis et tes yeux dans leur cerne
Sombrent à fond de larme et ton regard en berne
N'atteint plus ton reflet sur la mer apaisée.

Ourse, rejoins, c'est l'heure, une tanière obscure
À force de soleil et, courbant l'encolure,
Continue, invisible, à marcher par les airs.

On entendra pourtant tes râles et tes plaintes
Dans la vie où s'embrouille un fil de labyrinthe :
Écoutez Calixto rugir dans son désert.

Que fureur soit ton cri ! Les laves et les neiges
Se mêlent dans ce cœur vomissant les rayons,
Les dents mordant la langue et tranchant le bâillon
Plus dures qu'à ta chair les mâchoires du piège.

Et tournant et ruant autour de ton manège,
Soleil d'algèbre et son moyeu de tourbillons
Et tire et brise et scelle un à un les maillons
D'une chaîne enserrant les membres du cortège.

Râle, à quoi bon les cris, la bave et le salpêtre
Un sommeil de mangeaille et de pourpre renaître
Tu, vous, les autres, nous, clames, clamez, clamons,

Trois serpents plein la gueule et l'averse d'ordure
Qui tombe sur tes yeux et dans ta chevelure.
Le jour qui t'effaça disperse les démons.

Cesse, ô Calixto, de crier qu'un ciel, ce ciel, est ton exil
Loin de l'amant olympien, celui qui ouvrit ta tunique.
(Car tu en as fait de belles sur terre aux jours de ton avril
Avant de sentir dans ta chair, non la chair, mais la flèche
antique)
Un pape ou deux, à l'opposé, au dernier jour de la semaine,
Cherchent au fond des catacombes le chemin de ton
domaine.

La belle engeance de tomber dans des abîmes de ténèbres
Que le vin, lui-même banni, ne peut briser à coups de trique.
Bel avantage ! renoncer à l'ivresse de ton algèbre
Si on ne la retrouve, ô Calixto, dans le fond des barriques.
Ah ! que le destin nous préserve toujours du pain sans
levain,
Des nuits sans rêves, des ciels sans astres et des caves sans
vin.

Mais ris, ô Calixto, de celui qui espère après sa mort
Retrouver le souvenir de ses amours avec sa conscience :
Autant enterrer le cheval avec sa bride, avec son mors,
Et cependant la mort ainsi ne sera que nuit et silence.
Le système du monde et la morale ont chacun leur ornière,
Crimes ou vertus, rien d'humain ne change ton itinéraire.

N'attendre rien ni châtiment, ni récompense ici ou là
Et que ce là soit haut ou bas, à la vertu plumer les ailes
Afin de retrouver, sous son travesti d'ange à falbalas,
Avec la volupté, sa chair et son sourire de femelle
Et la liberté sans laquelle il n'y a pas de vertu qui tienne.
Mais, Calixto, tout cela n'appartient qu'à la raison humaine.

Et s'il est une cause au tourbillon d'étoiles et d'atomes
Éparpillés dans ce que nous savons d'un récent univers,
Cause peut-être morte, ensevelie au fond de tant de psaumes,
Ressemble-t-elle à notre image ? a-t-elle aussi squelette et chair,
Non, sans doute mais, si elle est, elle est indifférente à nous,
À nos vertus et à nos lois. Époussetez donc vos genoux !

Captive d'un paysage en perpétuelle dégradation
C'est au chant des oiseaux, c'est au chant des moissons et des fontaines
Que se tisse autour de ton corps cette robe de permission
Qui t'habille à minuit et qui sonne et tinte comme des chaînes
Froide comme le nord, chaude comme la mort, longue comme elle.
Que nous dégrafons, Calixto, dans un rêve au tien parallèle.

Et nous-mêmes, captifs de ce même univers et de sa chute,
Même à sourire, condamnés, de tout ce que nous ignorons,
Nous sourirons à l'ange avec lequel nous entamons la lutte,
Ange fantôme, ange illusoire, ange menteur et fanfaron
Qui, sans doute, vaincra mais qui ne connaîtra pas le laurier
Tant une minute de vie a triomphé du meurtrier.

Qu'il soit donc le cadavre bête, à la main gardant le couteau
Sur quoi la rouille, avec le sang, compose un visage et son masque,

Le sphinx à tête d'âne et muet, abandonné sur un coteau,
Carcasse d'un épouvantail qui s'incline dans la bourrasque.
N'y touchez pas, les vers eux seuls lui donnent vie et feu et
cendre ;
Il ne s'anime que si nous tentons, contre eux, de le défendre

Surtout taisez-vous ! Lui parler serait bêtise et temps perdu
Mais, dans l'empreinte pleine d'eau de son pied dans la
terre molle,
Par ton image, Calixto, comme un œil le ciel est fendu.
L'oiseau vient boire à la fois l'ombre et la lumière en sa
corolle,
Le dernier relent des charniers le vent l'emporte et le disperse,
Le sol palpite comme un ventre et pressent la prochaine
averse.

Tu viens au labyrinthe où les ombres s'égarent
Graver sur les parois la frise d'un passé
Où la vie et le rêve et l'oubli, espacés
Par les nuits, revivront en symboles bizarres.

Je viens au labyrinthe où, plus gros qu'une amarre,
Se noua le vieux fil avant de se casser.
Ses deux bouts sur le sol roulent sans se lasser
Tout se tait, mais je sens naître au loin la fanfare.

Tu viens au labyrinthe et, d'un pas sans défaut,
Du seuil au seuil tu vas, tu passes sans assaut,
Ton être se dissout dans sa propre légende.

Je viens au labyrinthe oublier mes cinq sens.
J'ai choisi le courant sans en choisir le sens.
La fanfare s'éteint avant que je l'entende.

Sur le bord de l'abîme où tu vas disparaître,
Contemple encore la rose, écoute la chanson
Qu'autrefois tu chantais au seuil de ta maison
Vis encore un instant consenti à ton être

Et puis tu rejoindras dans l'oubli tes ancêtres,
Ô passante ! Et passée avec tant de saisons
Tu te perdras dans la planète et ses moissons.
Ne va pas espérer pourtant un jour, renaître.

Une étoile filante, au fond des temps, rejoint
Maintes lueurs, maints crépuscules et maints points
Du jour au bord d'un fleuve où tu te désappris.

La matière est, en toi, consciente d'elle-même,
Au loin l'écho se tait qui répétait « je t'aime »
Et le pur mouvement n'émeut plus nul esprit.

Abandonnons à toi, rivière,
De nous, l'infidèle reflet
Que tu laves, que tu lacères,
À qui tu restes étrangère
Et que tu laisses aux galets.
À s'endormir à la légère,
Nous rejoindrons ce faux portrait
Qui nous ressemble trait pour trait.

Baignant nos pieds, voici la Saône
Voici des ponts, voici du vent,
Voici Lyon et voici le Rhône,
Voici la lune sur son trône
Qui, dans son palais du Levant,
Éteint les torches aux pylônes
Pour mieux attirer Don Juan
À l'aisselle du confluent.

Car cette nuit est nuit de noces.
De par le monde on boit du vin,
On entend des bruits de carrosses
Et des aboiements de molosses
Au fond des bois et des ravins.
L'or qui tintait pour le négoce

Met le reflet des chandeliers
Au cou des femmes, en colliers.

Un couple, sous le ciel, s'épouse.
Bien loin, dans un lieu très secret,
Des violons, sur les pelouses,
Font pleurer des femmes jalouses
Et chacun boit, mais nul ne sait
Pour qui les heures de nuit cousent
Un trousseau de fièvre et d'amour
Et le linceul du petit jour.

On dit qu'en grand mystère, à minuit, près d'une source
Un jeune homme de pleines vertus
Va dévêtir une jeune fille dont la grâce et la pudeur égalent l'ardeur de volupté ;
On dit qu'un couple, au matin, sera réveillé
Par l'odeur de la forêt et le chant des oiseaux ;
On dit qu'ils vivront longuement une inaltérable jeunesse.

On dit qu'ils seront le couple parfait,
Que la femme enfantera, dans la joie, des enfants à leur image,
On dit que leur bonheur ne cédera pas à l'ennui, ni leur désir à la lassitude,
On dit qu'on aurait voulu naître d'un tel père et d'une telle mère
Et vivre les années qui suivront cette noce,
On dit, mais on n'est pas certain, qu'ils ont, à l'instant, échangé leur premier baiser.

On dit, et de cela on est sûr, qu'ils sont les enfants de la terre
Que leurs vertus, leurs pensées et leurs désirs ignorent tout ce qui n'est pas la terre,
Qu'ils goûteront sans danger à tous les fruits.
Et, toi, Calixto, étoile de la terre, à peine visible dans la lumière,

Tu continues à servir de repère sur notre route certaine vers un but lointain.
Mais le regard que nous portons sur toi s'envole et rompt le fil qui devrait t'attacher à nous et nous à toi.

Mais tu te trisses, tu décarres
Et dans la boîte à réfléchir
La der des noyes, malabare,
Remet du noir et plus que mare
Nous corne qu'il faut dégauchir.
Minute ! à la dernière gare
Le dur attendra mézigo :
Signé « Canrobert » ou « Gigot ».

À revivre tous les naufrages
Pour en être sauvé toujours
Par la vague même et l'orage,
Tel atteignit un paysage
Au-delà des nuits et des jours.
C'était le domaine des sages,
Il en donna la clé aux fous
Pour chercher un lieu sans verrous.

À s'endormir à la légère,
Ô lumière, ô Calixto,
Il prit la route buissonnière
Vers un réveil qui le libère
Autant des ports que des bateaux.
À s'endormir à la légère,

En retrouvant la pesanteur
Il retrouva son créateur,

À s'endormir à la légère :
La terre et, seulement, la terre…

Septembre 1943

Notes Calixto

Baffo : la liberté de parole.

En quoi il s'oppose à Mallarmé. Toute la poésie de Mallarmé est, malgré tout, celle du désir non satisfait ? Qu'on imagine d'une part le poète dans son costume étriqué, sa vie étroitement prisonnière d'un milieu, d'une profession de la famille et d'autre l'inspiration somptueuse, toujours érotique qui soulève ses poèmes au-delà de ce qu'il voulait avouer, et l'on ne peut douter qu'il s'identifie au faune dans l'après-midi de sa vie.

L'argot, un poème en argot sonne toujours comme Villon. Penser aux ballades en jargon.

Poésie populaire et secrète. Mallarmé est hermétique parce que sa poésie n'a qu'un sens et dissimulé à la façon d'un trésor sur la cachette duquel un écriteau dirait : « Ici un trésor est caché. » Villon d'une si évidente signification qu'on ne pense pas qu'il puisse y en avoir une autre, plus hermétique d'être masquée par la simplicité.

Dire à Pierre Devaux et à Galtier-Boissière qu'ils devraient fonder un club d'argot, où l'on s'occuperait moins de l'histoire et de l'étymologie, que de la vie présente de ce langage vert comme les arbres au printemps, de sa biologie.

L'inimitable sens de Pierre Devaux qui invente l'argot au

fur et à mesure qu'il l'écrit. Ses livres savoureux comme ceux de la Renaissance.

Ce don de l'invention. Argot : art d'inventer des mots nouveaux ou de donner un sens nouveau à des mots anciens de telle façon que quiconque parle argot comprenne sur-le-champ.

L'argot et ses sens incertains, vibrants, oscillants. Le langage poétique.

Utilité de l'hiatus dans l'harmonie poétique.

L'apostrophe.

Poésie parlée. Le nombre de syllabes d'un mot ne devrait pas être supérieur à celui des syllabes prononcées.

Rappeler au public qu'il peut y avoir des sous-entendus.

Théorie du double sens (immédiat et second) indispensable à la poésie.

Du calembour, du jeu de mot.

De l'inspiration et la technique au-delà (et non pas en deçà) de l'automatisme.

L'image n'est pas toute la poésie.

La poésie est simplification (y compris Mallarmé même par exemple).

Le poème est le fruit de la nécessité.

L'anti-poésie n'est pas la contre-poésie. Penser à Duchamp.

Retours et saisons de l'hermétisme (Nerval — le désir non satisfait).

L'alphabet est hermétique pour l'analphabète.

L'hermétisme de Góngora. Ses recherches classiques périmées mais l'étonnante vie que gardent ses images. L'architecture de l'allégorie.

L'argot est une forme populaire et spontanée de l'hermétisme.

C'est aussi la langue vivante par excellence.

Élargir le domaine de l'argot.

Le « lanceur de vannes » et le chœur antique.

La poésie-drogue égarerait autant que la drogue elle-même. L'homme ne pourrait que se méfier légitimement d'une forme de mécanisme cérébral qui tendrait à l'anesthésier et à le livrer à la merci de ses pires ennemis probablement. Il n'en va pas de même de l'exaltation poétique.

Bacchus ne se baigne pas dans le népenthès.

La poésie se paie de mots et elle ne peut faire autrement.

Elle adopte aussi (pas elle mais les faux poètes bien sûr) une attitude lâche devant les plus graves questions : le bonheur, le devenir des hommes, la nature de l'être. La poésie est plus souvent conciliation que résolution. N'est-il pas possible de renouer les liens entre elle et la science ?

Naville dans son d'Holbach m'a réconcilié, en quelques lignes, avec Chénier. Mais cela doit leur être égal à tous les deux.

Il est bien évident que le surréalisme se fonde sur une définition insuffisante du réalisme. C'est cette définition qui le limite.

On est bien obligé de constater que la théorie du surréalisme est basée presque systématiquement sur des conflits non résolus : conflit Hegel, conflit Lautréamont, conflit Rimbaud, conflit Baudelaire, conflit Jarry… ou plutôt que le surréalisme n'a pas apporté solution à ces conflits.

À force de parler de Lautréamont il conviendrait de prendre position par rapport au contenu de ses deux livres c'est-à-dire entre le non-conformisme de *Maldoror* et le conformisme de *Poésies* ou de parvenir à les concilier ? De même en ce qui concerne Rimbaud, on ne s'est jamais prononcé de façon précise sur son adhésion à une formule de vie qui, pour être aventureuse, n'en constitue pas moins un désaveu de sa jeunesse.

C'est aussi d'une façon esthétique que les mêmes revendiquent Baudelaire en évitant de mettre en lumière ses aspirations, maintes fois exprimées dans ses papiers intimes, vers une soumission aux obligations sociales. Et cela je ne le dis pas pour le diminuer.

Pas davantage n'a-t-on voulu dénouer ses contradictions philosophiques et mystiques. Jarry, infiniment plus logique avec lui-même, plus rigoureux aussi que la généralité des écrivains trouve dans l'humour non pas la solution à ses conflits mais leur utilisation. Il arrive à en faire des raisons d'être. À noter que, quel que soit l'écrivain choisi on se trouve toujours en présence des mêmes problèmes (sauf pour certaines têtes du XVIIe siècle, pour Stendhal et pour quelques autres encore).

L'immensité du bagage poétique après tant de siècles ne justifierait-il pas un utile travail de classification ? Une statistique poétique, en particulier, ne permettrait-elle pas dans de multiples domaines de passionnantes découvertes ?

Les rapports de la poésie avec l'amour. Physique de la poésie.

Ressemblance entre l'inspiration et le désir. Mais le meilleur poème n'assouvit pas son auteur.

DOSSIER

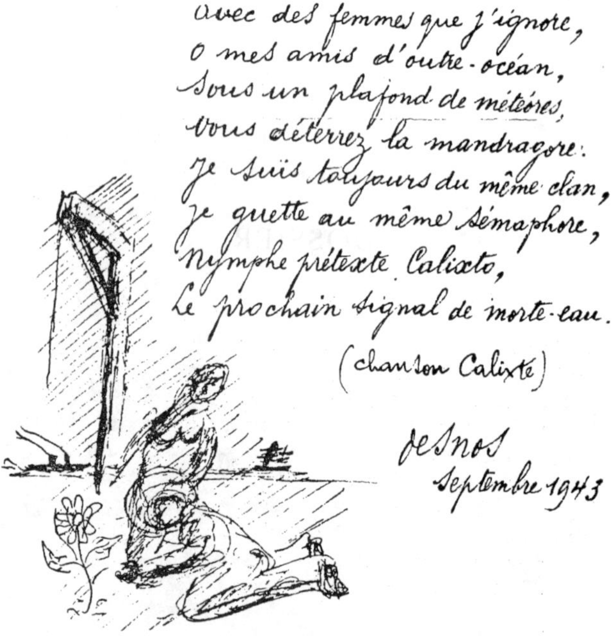

avec des femmes que j'ignore,
O mes amis d'outre-océan,
Sous un plafond de météores,
Vous déterrez la mandragore.
Je suis toujours du même clan,
Je guette au même sémaphore,
Nymphe prétexte Calixto,
Le prochain signal de morte-eau.

(chanson Calixte)

Desnos
Septembre 1943

Quatrième strophe de *Calixto*, que Desnos intitule « Chanson Calixte », et qu'il illustre en évoquant les rites de l'arrachage de la racine de mandragore, particulièrement recherchée quand elle pousse au pied d'un gibet. Le débarquement allié attendu d'« outre-océan » est signifié par les navires en arrière-plan du dessin (document aimablement signalé par Étienne-Alain Hubert, tiré de *Les Autographes*, Thierry Bodin, catalogue n° 26, 1986).

NOTES

CONTRÉE

Édition originale

Contrée, avec une eau-forte par Picasso (signée du 23 décembre 1943) et 22 vignettes dans le texte reproduisant des éléments de l'eau-forte, Éditions Robert-J. Godet, 1944. Imprimé le 31 mai 1944 par Durand.

Le tirage comprend 3 exemplaires sur Arches nominatifs réservés à l'auteur, l'illustrateur et l'éditeur et 10 exemplaires sur Arches comportant un état de l'eau-forte en noir ainsi que 3 états de l'eau-forte en orange, violet et vert, et un état du cuivre barré, tiré en noir, signés par le peintre au colophon ; 200 exemplaires sur vélin pur fil Lafuma contenant l'eau-forte en noir.

Repris en 1962 à la suite de *Calixto*, aux Éditions Gallimard.

Prépublications

« La Route », « La Moisson » : dans *Poésie 42* (décembre 1942).

« Le Cimetière », « Le Souvenir », « La Prophétie » : dans *Profil littéraire de la France*, n° 11 (octobre 1942).

Manuscrits consultés

À la Bibliothèque littéraire Jacques Doucet :

« La Nuit d'été », BLJD/DSN 90

« La Nymphe Alceste », BLJD/DSN 91
« La Voix », BLJD/DSN 91
« La Vendange », BLJD/DSN 196
« L'Équinoxe », BLJD/DSN 196
« La Plage », BLJD/DSN 196
« Souvenir d'Orphée », BLJD/DSN 196

Notes

Page 40. *« La Rivière »*

« D'un bord à l'autre bord j'ai passé la rivière / J'ai marché / J'ai nagé. J'ai passé » : les paysages évoqués dans *Contrée* sont souvent animés par le passage de l'auteur, comme ici, ou celui de personnages réels ou imaginaires. « La Caverne » : « Eurydice est passée par là » ; « Le Souvenir » : « Je suis passé » ; « La Maison » : « Il descend / Il marche, il sort, il fuit, / Il vole » ; « La Vendange » : « Le cortège s'éloigne. Il passe les hauteurs ».

Ces passages donnent aux paysages l'inquiétante étrangeté de présences furtives, où le réel décrit vire aisément à l'imaginaire.

Page 41. *« Le Coteau »*

« Rien n'est réel ici que cette odeur de forge » : « ici », lieu où l'auteur se trouve et vit l'expérience évoquée, comme dans « La Route » : « Une route est près d'ici » ; « Le Cimetière » : « Ici sera ma tombe, et pas ailleurs » ; « La Caverne » : « Le bruit du monde ici se dissout et s'endort » ; « Le Souvenir » : « Je suis passé, c'était ici ».

Ce *hic et nunc* se marque également par le déictique « voici » : « La Rivière » : « Et voici que mes yeux et mon corps sont pesants », « La Clairière » : « La voici, les échos la portent, je l'entends » ; « La Caverne » : « Eurydice est passée par là, voici son pied / Dans la terre marqué. »

Page 44. *« Le Cimetière »*

Ce poème en vers hétérométriques est fait de tercets enchaînés selon le principe de la tierce rime. Par le tressage des vers, le motif de la feuille d'arbre glisse à celui de la feuille de papier sur laquelle le poète écrit, jusqu'à la question finale, que peut se poser tout écrivain : que vaut l'écrit contre l'oubli ?

Page 45. *« La Clairière »*

Don Juan est un des personnages qui accompagne Desnos depuis l'époque surréaliste. Il hante « Siramour », comme « The Night of loveless nights ».

Page 46. *« La Caverne »*

Eurydice et Orphée apparaissent dans le manuscrit de « Souvenir d'Orphée », que Desnos n'a pas publié mais dont il a redistribué des strophes dans d'autres poèmes : « Sur le seuil de l'Asie Orphée hantait les bêtes / Eurydice naissait dans une île […] » (DSN 196,1)

Page 50. *« Le Sort »*

Ce poème qui jette un sort mortel sur un « tu », que l'on peut entendre comme l'Allemand d'Hitler ou tel collaborateur, trouve un écho dans « Chant du tabou » (*Œuvres*, p. 1251). Toutefois dans ce dernier poème, c'est la victime du tabou qui parle : « Le tabou est sur toi, le tabou est sur nous ! »

Page 58. *« La Nuit d'été »*

Le manuscrit BLJD/DSN 90 présente deux versions de travail du poème. Les vers 3 et 4 du premier quatrain sont alors : « Tu sens le serpolet la lavande et le thym / Et tes pieds ont troublé la fontaine sacrée. »

Le poème a été numéroté XVI et une numérotation de poèmes qui devraient suivre indique : XVII La Peste, XVIII Les Oiseaux, XIX Le Lion, XX La Fête, les numéros suivants ne comportant pas de titres. Pour l'édition Desnos a renoncé à numéroter les poèmes de I à XXV, les vignettes issues de l'eau-forte de Picasso meublant plus agréablement les pages.

Sur l'une des versions, Desnos a entouré les adjectifs « déchiré », « sacrée », « retentissant », « lointains », « beaux ». Les voyelles a, e, i, o ont été inscrites en colonne en haut de page.

Page 60. *« La Nymphe Alceste »*

À la mort de son époux Admète, Alceste accepta de le sauver en mourant à sa place. Ému par ce geste d'amour, Héraclès obtint de la ramener des Enfers pour que, rajeunie, elle retrouve son époux.

Le manuscrit BLJD/DSN 91 offre un ensemble complexe d'essais qui aboutissent à la version quasi définitive du poème. Une mise en place des motifs du poème laisse prévoir un sonnet, par la répartition des paragraphes :

L'univers à tes yeux ne propose que l'ombre
Le rayon de la lune et parfois la lueur

D'une lampe allumée à une fenêtre
Nymphe Alceste à minuit née

Pourtant je t'annonce qu'avant une heure
L'horizon que tu ignores se dessinera
au chant du coq et que l'astre soleil
Paraîtra dans le ciel

Je le sais car j'ai déjà vu des
matins et des aubes. Tu peux
me croire. Je ne saurai me tromper.

Mais à ta sœur qui naîtra un jour
prochain en plein soleil devrai-je
annoncer le retour du crépuscule
et des ténèbres ?

Une transposition versifiée de ce canevas est essayée :

L'univers à tes yeux n'offre que les lueurs
Qui percent l'ombre et sont une lampe au village,
Des étoiles au ciel et dans l'eau leur mirage
Nymphe Alceste à minuit née du parfum des fleurs.

Je t'annonce pourtant le jour et ses couleurs
L'horizon dessinant au matin ses rivages
*Le chant du coq et le soleil [*barré : *en son voyage*
Te révélant un monde ignoré de ton cœur]

À tes yeux l'univers n'offre que les lueurs
Des lampes du village et celle des étoiles

[écrit de façon hâtive, indépendamment des strophes qui précèdent :]
Le plus grand crime et la plus grande gloire des hommes ne changent pas le destin de l'univers.

Une ébauche raturée du premier quatrain se présente ainsi :

*[*barré : *La nymphe Alceste est née à minuit sous la lune*
Près du bouleau moins blanc que son ventre et ses seins]
L'univers à tes yeux ne propose que l'ombre
Le rayon de la lune et parfois la lueur

L'approche du sonnet publié se fait à travers deux versions, la première, assez raturée, comporte une variante qui propose « Je les ai vus, je les verrai, j'en suis certain », pour aboutir, dans la seconde version, à « tu les verras ».

Page 61. *« La Voix »*

À partir du manuscrit BLJD/DSN 91, nous avons proposé une analyse de deux versions de travail de ce poème dans la préface, p. 17-18.

Page 62. *« La Vendange »*

Issu en partie de « Souvenir d'Orphée » (voir la préface, p. 11), ce sonnet est numéroté XX dans le manuscrit BLJD/DSN 196. « La Vendange », « L'Équinoxe », « La Plage » provenant en grande partie de la redistribution des strophes de « Souvenir d'Orphée », on trouve dans les manuscrits des essais de montage qui n'ont pas abouti.

Par exemple, pour « La Vendange », un essai plaçait en première strophe ce qui devient le second quatrain de « La Plage » : « Il est l'heure, Bacchus entreprend sa conquête », en seconde strophe le second quatrain de « L'Équinoxe » : « Le corps décapité de l'évêque Denis », en troisième strophe la première strophe de « L'Équinoxe » : « Un coq à d'autres coqs répond », pour s'achever par un quatrain qui, remanié, devient la strophe initiale de « La Plage » : « Sur la plage où blanchit un amas de vertèbres, / Où le figuier frémit sous le poids des oiseaux, / Orphée à demi voix n'a prononcé qu'un mot. / Bacchus l'ayant reçu s'éloigne sous les cèdres. » Cette version abandonnée, qui ne comporte aucune des strophes du poème publié (ce dernier étant au contraire monté dans sa version définitive dans un second manuscrit de « La Vendange ») nous révèle qu'Orphée et Bacchus vont s'effacer dans la version publiée pour être remplacés par des acteurs humains.

« Toi seul restes toi-même, ô Vin, dans tes barriques » a pour première version « Toi seul reste vivant, ô vin, dans tes barriques ».

Page 63. *« L'Équinoxe »*

Ce sonnet, numéroté XXI dans le manuscrit BLJD/DSN 196, comporte un premier essai de montage sous forme d'une suite de quatre quatrains : la strophe 1 a sa forme définitive : « Un coq à d'autre coqs répond. » La strophe 2 accueille « Sur la plage où blanchit un amas de vertèbres », essayé dans « La Vendange » et gardé, remanié, dans « La Plage ». La strophe 3 intègre une strophe de « Souvenir d'Orphée » légèrement remaniée : « Il fallait à tous deux de pressantes ténèbres / À l'un pour y coucher Eurydice au tombeau / À l'autre pour creuser son temple et son caveau / Où le vin doit vieillir pour devenir célèbre. » Enfin la dernière strophe reprend « Les fauves sont partis soumis au vendangeur », qui inaugure « La Vendange », dans la version publiée. Seul le premier quatrain subsistera dans le sonnet définitif.

Une note griffonnée en bas de page laisse penser que pour le poète l'équinoxe marquerait la rencontre d'Orphée, le constructeur de villes et de Bacchus, le meneur de fauves. Un vers revient à plusieurs reprises : « Sur le seuil de l'Asie Orphée hantait les bêtes ».

Page 64. *« La Plage »*

Ce poème, composé de 4 quatrains d'alexandrins avec distique final, est numéroté XXII dans le manuscrit BLJD/DSN 196. La présence de Bacchus le rattache à « Souvenir d'Orphée », mais les deux versions (dites ici A et B) du poème semblent plutôt chercher une issue à la première strophe qu'elles ont en commun : « Sur la plage où blanchit la mer dans les ténèbres. » Dans la strophe 2 de A, la version la plus proche du poème publié, Bacchus entre en scène, un vers se distinguant : « L'angoisse le pénètre. Il fait nuit. Fait-il jour ? », devenu à l'impression : « L'espace le pénètre. Il fit nuit. » Dans B, la strophe 2 qui élimine Bacchus essaie : « Il marche répétant les magiques syllabes / Qui lui révéleront la place du trésor. / Il arrive. Déjà ses mains plongent dans l'or / Qui mêle son murmure au bruit de la cascade. » La strophe 3 de A est conforme au poème publié, tandis que la strophe 4 essaie une solution nouvelle : « Dans le cercle où s'inscrit le paysage obscur / On dirait que quelqu'un parle, rempli de crainte, / Comme un voleur à son complice au haut d'un mur / Sa voix redit sans cesse un nom, un seul, Corinthe. » Dans B, vient en strophe 3 : « Sur la plage celui qui livra le secret / Gît avec un poignard entre les deux épaules. / La marée en montant chante contre le môle / Et vient battre les pieds du cadavre indiscret. » Un tercet clôt cette version : « Dans le ciel un oiseau lance un appel de crainte / La cascade s'écroule au fond de la forêt / Une voix inconnue redit ce mot : "Corinthe". »

Tout en laissant planer le mystère sur ce meurtre (on serait tenté de penser à l'exécution d'un traître dans un réseau que l'affabulation passant par Bacchus et la découverte d'un trésor pourrait dissimuler), le poème publié met en relief le mot de passe qui se détache dans le distique final.

Page 65. *« L'Asile »*

« Celui-là que trahit les rages de son ventre » semble pécher par une faute d'accord entre le sujet « les rages » et son verbe « trahit ». Ou bien il s'agit d'une inadvertance du poète, ou bien d'un recours à une licence poétique dont l'*Anthologie de la poésie religieuse française* de Dominique Aury donne un exemple : « que discourt du Seigneur les décrets attestés », (p. 154).

Page 67. *« L'Épitaphe »*

« Rien ne survit de mon esprit ni de mon corps » : ce poème semble donner la réponse à la question finale du poème « Le Cimetière » : « Puis-je défendre ma mémoire contre l'oubli ? »

Considéré selon le point de vue d'une postérité lointaine (« depuis mille années / Je suis mort »), le sort du poète ne laisse pas de traces. L'affirmation, habilement confiée à la voix d'outre-tombe du poète, n'en prend que plus de force exemplaire dans le présent dramatique où elle s'inscrit : « J'étais libre parmi les esclaves masqués. »

Desnos se reconnaissait une tendance aux « moralités » : dans *Contrée*, il a souvent su dégager à la fin de ses poèmes, en particulier par la mise en valeur d'un distique ou d'un vers final, la portée du poème.

CALIXTO

Édition originale

Calixto, suivi de *Contrée*, Éditions Gallimard, 1962. Réédition de *Contrée* (1944) et édition du recueil inédit *Calixto*.

Prépublications

« *Dans l'allée…* » : dans *Lettres*, n° 1, janvier 1943.
« *Cesse, ô Calixto…* » : dans les *Cahiers du sud*, avril-mai 1944.
« *À s'endormir à la légère…* » : dans *Preuves*, juin 1953.

Manuscrits consultés

Manuscrit intégral de 24 pages, appartenant à une collection privée.

D'une écriture claire et ne comportant que peu de ratures, le manuscrit, sans doute destiné à l'édition, est constitué de l'agencement de parties mises au point séparément — l'écriture et l'encre n'étant pas uniformes.

À la Bibliothèque littéraire Jacques Doucet :

Sous la cote BLJD/DSN 25 : un ensemble de manuscrits :

« *À s'endormir à la légère...* » : manuscrits de travail des huitains (strophes 1 à 4, 7 à 9, 22 à 25, 27 à 29), avec des ratures.

« *Tout est fugitif ici, Calixto* », « *Je m'amuse de ceux, ô Calixto* » : manuscrit de certains sixains de : « *Cesse, Ô Calixto...* ».

« *On dit qu'en grand mystère...* » : manuscrit des 3 strophes, état presque définitif.

Sous la cote BLJD/DSN 894 : un ensemble de manuscrits :

« *Dans l'allée...* » : 2 versions.

« *Par les arbres brisée...* » : 2 versions.

« *L'aube à la fin s'enfuit...* »

« *Que fureur soit ton cri...* »

« *Cesse, ô Calixto, de crier...* » : manuscrit des 7 premières strophes du poème, avec variantes.

« *Tu viens au labyrinthe...* »

« *Sur le bord de l'abîme...* »

Notes

Page 71. « *À s'endormir à la légère...* » (strophe 1)

Les huitains de *Calixto,* qu'ils soient en langue classique ou en argot, obéissent de façon stricte au même schéma : le vers est l'octosyllabe, les rimes se distribuent en rime féminine (a)/rime masculine (b,c) selon l'alternance suivante : abaababcc, soit deux tercets à rimes tressées, suivis d'un distique à rime plate.

Les séquences de huitains se répartissent en trois groupes : en début de poème, 20 strophes, dont 10 en langue classique, suivies de 10 en argot ; au milieu du poème, 4 strophes, et en fin de poème, 3 strophes, dont une en argot ; la clôture du poème est assurée par un distique final reprenant le premier vers et lui attribuant sa rime définitive : « légère »/ « terre ».

Formellement, l'on pourrait donc considérer *Calixto* comme une ode de 27 strophes, dans le tissu de laquelle viennent s'insérer des poèmes d'une autre forme (sonnets, ballades). Comme nous l'avons indiqué dans la préface (p. 26), l'alternance des huitains avec d'autres formes répond à une architecture concertée. La thématique des poèmes insérés s'annonce ou se répercute dans celle des huitains. Ainsi le couple évoqué dans le vingt-quatrième huitain (« Un couple, sous le ciel, s'épouse. ») préfigure sans doute l'idylle du jeune couple parfait qui suit.

Calixto s'ouvre par le vers : « À s'endormir à la légère », répété à l'initiale des deux premiers huitains, et se termine par la reprise en refrain de ce même vers dans le dernier huitain et dans le distique conclusif. Le contexte évolue : à l'étourdissement du début, au « fouillis » dans lequel le rêveur risque de tomber répond *in fine* un réveil libérateur par lequel le poète trouve ses limites et son assurance.

On entend ici un écho à « Siramour », grand poème achevé en avril 1931, publié en tête de *Fortunes* en 1942. Dans sa dernière strophe, l'expression « à la légère » est scandée de façon insistante : « Ne manie pas ce livre à la légère / à la légère à la légère à la légère à la légère. » À l'issue d'une plongée dans le rêve et le fantasme, « Siramour » s'achève par un serment à prendre au sérieux, engageant le poète vis-à-vis de la sirène Youki. *Calixto*, à sa manière, confirme cet engagement qui le ramène à la réalité.

Le manuscrit BLJD/25 montre des tâtonnements dans la mise en place de ce premier huitain.

Page 71. *« À s'endormir à la légère… »* (strophe 2)

Le manuscrit BLJD/DSN 25 use de la graphie issue directement du grec pour désigner la nymphe : « Callisto ». Choix repris dans la strophe suivante.

L'apostrophe — ici aux « terriens » — est une forme souvent utilisée par Desnos. Voir par exemple l'oratoire « Cesse, ô Calixto, de crier… » (p. 81). Elle relève de « la poésie parlée », que le poète recherche (Voir « Notes Calixto » p. 96).

D'autre part, cette strophe développe un jeu de sonorités assez virtuose, par lequel trois termes clés du poème, lancés au début des vers à rime masculine : « Sur la terre/La lumière/De ta chair », se trouvent exaltés par l'écho que leur donne la rime féminine : « légère/fougère/lingère/s'exagère ». C'est à la fin de ces miroitements sonores que surgit le nom de Calixto.

Page 72. *« Hors du manteau, la lumière… »*

« Mais qu'importe si l'on préfère » : le manuscrit porte « si je préfère ». Cette oscillation entre « je » et « on » ou « l'homme » est notable dans plusieurs poèmes. Ainsi dans le sonnet « L'aube à la fin s'enfuit », le vers : « On entendra pourtant tes râles et tes plaintes » a comme première version : « J'entends pourtant encore tes plaintes et ton souffle » (BLJD/DSN 894).

Page 72. *« Que l'éclair sombre… »*

Cette strophe peut illustrer la note du poète : « Utilité de l'hiatus dans l'harmonie poétique » : il s'agit d'hiatus internes dans des mots que le poète utilise ici comme dissyllabiques : ouest, nuages, lueurs, sueurs, auxquels viennent faire écho des suites de monosyllabes comme « Où ta chair », « au ciel où », « boire aux rêves ».

L'enjambement « un couchant/Érotique », qui remplace une première version : « un couchant/Qui saigne en un ciel… », met fortement en relief l'adjectif qui pose l'un des thèmes récurrents de *Calixto.*

De même la référence cosmique qui est liée à Calixto s'inscrit avec la mention des points cardinaux au vers 4 ainsi que par « les ourses » — les sept étoiles de la Grande Ourse — entraînées dans le mouvement du cosmos (elles broutent « des herbes cursives », selon l'étymologie de l'adjectif, « courantes » dans le ciel comme l'écriture sur la page).

Page 73. *« Avec des femmes que j'ignore... »*

« Nymphe prétexte, Calixto » : l'adjectif laisse entendre le statut d'écran de Calixto dans le poème, figure mobile à la signification variable selon ses contextes d'apparition, mot de passe qui assure l'unité d'un poème aux formes et aux thèmes hétérogènes.

Page 73. *« Que ton chariot, avec ses roues... »*

La Grande Ourse, située près du pôle arctique, accomplit sa rotation céleste en restant toujours, observée de France, au-dessus de l'horizon.

Transformée en ourse, et tuée par une flèche d'Artémis, Calixto a donné naissance à Arcas, immortalisé comme sa mère par une constellation, celle de la Petite Ourse, qui contient l'étoile polaire.

Page 73. *« Depuis longtemps tu fais la bête... »*

« Rappeler au public qu'il peut y avoir des **sous-entendus.** » Cette strophe s'y emploie.

Calixto fait doublement la bête, à la fois ourse dans son destin antique, mais aussi personne simulant l'imbécillité. « Mais la belle est sous le manteau » : « la belle », à la fois la nymphe désirable, mais aussi la liberté en argot, dont le prisonnier rêve dans la strophe suivante. « Sous le manteau » désigne à la fois la toison de l'ourse mais aussi le couvert sous lequel circule la littérature interdite.

Dans une page manuscrite, une ébauche de cette strophe se présente ainsi :

« Depuis longtemps tu fais la bête / Mais la belle est sous le manteau / (la belle etc.) / Sous le manteau / Nous aussi. » Cette piste d'un « nous aussi », sans doute trop explicite, a été abandonnée par le poète.

Page 74. *« Au rif d'abord… »*

Les strophes 11 à 20 en argot ont été transcrites en langue claire par Alain Chevrier. Nous reproduisons ici la version qu'il propose et suggérons au lecteur curieux de consulter son ouvrage : *Robert Desnos, Poèmes en argot*, Librairie A.-G. Nizet, 37510 Saint-Genouph, 2010, qui propose un commentaire abondant des strophes en argot de *Calixto*.

Au feu d'abord, sans qui les yeux / n'auraient plus rien à regarder / et seraient creux comme un verre / lorsque celui qui les a bus d'un trait en est dégoûté, / au feu d'abord, la bonne clé / ouvrant les portes pour le cambriolage, / au feu d'abord, donnons la permission / de tuer ceux qui sont là.

Le soir, dans le silence, / amis, c'est superbe d'écouter / à la source, l'eau en dire de bonnes. / Le soir, pourtant méfiance / car elle peut tout inonder / tout assommer dans sa violence. / Ah ! que l'eau le soir / noie ceux qui sont là.

Pour tuer ces trous du cul, / que l'air se change en pur cambouis / avant qu'ils ne prennent les jambes à leur cou. / Et qu'il leur passe une maladie vénérienne et les pénètre, / les possédant jusqu'aux pieds, / jusqu'au cœur, jusqu'aux épaules ! / Qu'il soit usé et fracturé / pour rendre pourris ceux qui sont là.

Quant au bordel, quant à la prostituée / qui se montre et gagne de l'argent, / quand le soleil se promène / à fond de train sur les mottes, / que son ventre en soit bien farci, / et que jamais ils n'en sortent. / Qu'elle soit un cimetière de choix / pour habiller ceux qui sont là !

La nuit est douce ! / Ça suffit encore pour leurs affaires / lorsque, prenant la fuite, / ils supplieront en pleurs la police / de les aider jusque dans leur lit / tant ils auront peur / de voir les femmes en colère / à tabac les passer dare-dare.

Notre nuit à nous sera douce, / toute à l'amour, toute aux baisers. / Sans se méfier de rien, même de la police, / nous dormirons à poings fermés. / Même n'ayant qu'un sou / nous le boirons sans peur / tandis que les vers du cercueil / leur mangeront les yeux et le nez.

« Argot : art d'inventer des mots nouveaux ou de donner un sens nouveau à des mots anciens de telle façon que quiconque parle argot comprenne sur-le-champ. » Cette définition que propose Desnos laisse entendre que l'argot est une langue dans la langue, qui suppose une connivence pour être comprise, sans pourtant exiger une spécificité de métier. Le poète utilise une langue parlée, populaire, dans laquelle il peut utiliser le « largonji », mais qui reste littéraire.

Page 77. *« Dans l'allée… »*

Ce sonnet, publié en janvier 1943 dans la revue *Lettres*, laisse penser, par son allusion à la forêt en septembre, qu'il fait partie des poèmes liés au séjour de Desnos au Molay-Littry en Normandie. Outre ses incursions dans la forêt de Cerisy, Desnos s'est très vraisemblablement rendu près des côtes (Arromanches est la plage la plus proche). Le poème assimile le bruit des mâtures au craquement du brodequin de torture sur le pied d'un captif. Le lieu réel de la campagne normande devient ainsi le théâtre d'une horreur imaginée. Sans doute ce sonnet est-il un exemple de cette « atmosphère inexprimable », de cette « imagerie aiguë » que le poète cherche à atteindre (*Œuvres*, p. 1203).

Une théâtralisation du même genre s'opère dans le poème suivant qui se termine ainsi : « Ah ! que le jour se lève à la fin de l'action / Et je leur montrerai les vestiges du drame. »

Page 79. *« L'aube à la fin s'enfuit… »*

« […] une tanière obscure / À force de soleil » : cet oxymore signale que la Grande Ourse, tout en restant au-dessus de la ligne d'horizon, devient invisible le jour, éclipsée par la lumière du soleil levant. Même dissimulée, Calixto reste présente ; si on ne la voit plus, on l'entend encore « rugir ».

Le dernier tercet connaît une version différente dans un manuscrit de travail (BLJD /DSN 894) : « J'entends pourtant encore tes plaintes et ton souffle / À travers le fracas de la ville et les rumeurs de la vie / Écoutez [! Écoutez rugir la] Calixto rugir dans son désert. » La version définitive, avec « un fil de labyrinthe », inscrit un thème qui est repris dans le sonnet : « Tu viens au labyrinthe… ».

Page 80. *« Que fureur soit ton cri !… »*

Sonnet où semble régner un délire sans frein — « furor » issue des démons de la nuit, qui ne connaît que la violence et les cris. Dans cette atmosphère chaotique (qui atteint même la continuité de la phrase, car on voit mal comment intégrer le verbe « renaître » dans le fil du discours), un « cortège » semble prendre forme et mettre un terme au désordre, en conjuguant de façon scolaire le verbe « clamer » à diverses personnes, remplaçant ainsi le râle de la bête par une parole articulée : « Tu, vous, les autres, nous, clames, clamez, clamons ». Sans doute est-on ici dans la suggestion de l'horreur inexprimable qu'un recours à l'ordre — même stéréotypé — de la langue peut seul endiguer.

Page 81. *« Cesse, ô Calixto, de crier... »*

Les manuscrits BLJD/DSN 25 et 894 comportent des états préparatoires de la plupart des strophes de ce poème. Nous en donnons des exemples pour certaines strophes ci-après.

Un manuscrit de travail (BLJD/DSN 894) des deux premières strophes du poème comporte des indications techniques. D'une part des séquences de chiffres (par exemple 8-4-4, 5-3-8, 6-4-6) prévoient, semble-t-il, les coupes possibles des vers longs choisis pour « Cesse, ô Calixto ». D'autre part, un tableau des voyelles (a e i o u ou) en lignes croisées horizontales et verticales, avec décalage d'une voyelle à chaque changement de ligne, est accompagné d'un ensemble d'agencements vocaliques pouvant produire un hiatus, par exemple : aa ia oa ua / aou iou oou uou.

Dans le poème publié, cette massive séquence de 9 sixains de vers de 14 à 16 syllabes, consacrée à une profession de foi matérialiste, se présente, par l'apostrophe inaugurale et la reprise du terme de « cri », comme faisant suite au sonnet précédent. Le cri étant suspendu, l'argumentation peut commencer. Le « je » interpelle d'abord Calixto, sur le mode de l'invocation dévotieuse (ô Calixto), puis pour maintenir le contact persuasif (« Mais, Calixto, tout cela n'appartient qu'à la raison humaine », « Que nous dégrafons, Calixto, dans un rêve », « Par ton image, Calixto »). Il interpelle par ailleurs un « vous » sur le mode jussif : « Époussetez donc vos genoux ! », « N'y touchez pas », « Surtout taisez-vous ! ». Ces deux figures interpellées se retrouvent dans un « nous », proche de Calixto par la captivité (« Captive d'un paysage » / « Et nous-mêmes captifs de ce même univers »), assimilable au vous, par une commune appartenance à l'espèce humaine. « Tu, vous, les autres, nous » du sonnet précédent se trouvent ici également convoqués.

Page 81. *« La belle engeance de tomber... »*

Le premier vers de cette strophe est une réponse aux 2 derniers vers de la strophe précédente, où « Un pape ou deux [...] cherchent au fond des catacombes le chemin » du ciel, domaine de Calixto. Allusion est faite à la catacombe de saint Calixte à Rome : Calixte Ier, pape au IIIe siècle, y établit le cimetière officiel de l'église de Rome. Furent également papes Calixte II au XIIe siècle, et Calixte III au XVe siècle — ce dernier, Alfonso Borgia, inaugurant des pages célèbres de l'histoire de la papauté.

Le terme d'« algèbre » apparaît ici dans la formule « l'ivresse de ton algèbre », faisant écho à « Soleil d'algèbre », dans le poème précédent. L'algèbre astronomique qui régit le mouvement des étoiles fascine Desnos. Rrose Sélavy ne disait-elle pas déjà en 1922 : « Apprenez que la geste célèbre de Rrose Sélavy est inscrite dans l'algèbre céleste. » (*Oeuvres*, p 506).

Page 81. *« Mais ris, ô Calixto… »*

Voici la version de travail (BLJD/DSN 25) : « Je m'amuse de ceux ô Calixto / Qui s'imagine[nt] que leur conscience les suivra après la mort / Et si elle ne nous suit pas la belle affaire qu'une autre vie / En vérité tous ces prêcheurs sont des fous / Qui mêlent le système du monde et la morale / Ô Calixto ni nos crimes ni nos hauts faits ne modifieront ton itinéraire. »

Page 82. *« N'attendre rien… »*

C'est à l'infinitif que s'exprime cette profession de foi, qui prend ainsi une valeur générale. Dans un manuscrit préparatoire (BLJD/DSN 25), c'est la position personnelle qui s'affiche : « Pour moi je n'attends rien ni récompense ni punition / Pas plus sur cette planète qu'ailleurs / Je fais de mon mieux pour vivre le mieux possible / Suivant l'idée que je me fais de la vertu, de la justice et de la volupté / Et je suis capable de toutes les violences si on attente à ma liberté / Mais Calixto, tout cela n'appartient qu'à la raison humaine. »

On note que dans la version publiée, les valeurs revendiquées sont citées, en écho rimé, au début de deux vers : « la volupté » et « la liberté ». Le libertaire implique le libertin. Les fins de vers adoptent un ton provocant et irrévérencieux pour fustiger la morale dominante : « à la vertu plumer les ailes », « sous son travesti d'ange à falbalas », « sourire de femelle », « pas de vertu qui tienne ». La gouaille populaire se gausse du bon ton de la vertu.

Page 82. *« Et s'il est une cause… »*

Une première version (BLJD/DSN 25) propose le texte suivant : « Quant à la cause de tout ce charivari d'atomes / Qui tourbillonnent dans ce que nous connaissons de l'univers / Je doute qu'elle ait chair et os à notre image / Et même si cela était je pense qu'elle resterait indifférente / À nos chicanes, à nos pensées, à nos lois, à nos misères. / Que les hommes lavent donc leur linge sale et ne comptent pas sur un Dieu pour les aider. » Comme c'est souvent le cas, la version de travail transmet de façon plus directe la pensée du poète qui passe ensuite par le filtre des images.

Page 82. *« Captive d'un paysage… »*

Calixto, comme l'être humain, est captive d'un univers dont les lois lui échappent. Cette dépendance, cette fragilité leur enlève la maîtrise de leur destin. Sur ce thème, trois strophes de travail apportent un développement qui sera partiellement repris, mais transformé, dans la version définitive :

« Tout est fugitif ici, Calixto, / L'eau, le sang, les heures, l'air que nous respirons / Les souvenirs que nous avons et ceux que nous laissons / Nous-mêmes nous fuyons avec nos hontes et nos gloires / Et le chant que nos voix élèvent dans un paysage en perpétuelle dégradation / Et si nous atteignons à quelque grandeur c'est sur-le-champ / À la minute même où nous sommes grands pour rapetisser aussitôt.

L'avenir et ses fragiles piliers, la chronique et l'histoire / Ne perpétuent un instant que des histoires de fantômes / La vertu qui porte en elle-même sa propre jouissance / Ne marque pas ceux qui l'exerce[nt] / Vertueux aujourd'hui tu seras meurtrier demain / Et cette vertu ne contrebalancera pas ton crime.

Prisonnier, comme toi, d'un horizon de fraîche date / Calixto, Calixto acceptons un sort / Qui nous a jetés au hasard dans un espace inattendu / Un sort plein de larmes et de rires, de joies et de deuils / Dont rien ne garde le souvenir au-delà d'un futur mesquin / Et dont nulle balance ne peut évaluer la dérisoire importance. »

Page 82. *« Et nous-mêmes, captifs… »*

« Nous sourirons à l'ange… » : si l'ange est le messager de Dieu, de quel ange s'agit-il ici ? « Ange fantôme, ange illusoire, ange menteur et fanfaron », il est d'abord apparu « sous son travesti d'ange à falbalas » — incarnant la vertu —, avant de se montrer sous son vrai jour, « meurtrier » : annonciateur de mort, il est lui-même réduit par le poète à l'image d'une « carcasse d'épouvantail ». Que l'homme soit mortel, c'est dans l'ordre du monde auquel rien ne peut le soustraire. Que la religion chrétienne, dont le Christ est le messager, non nommé dans le poème mais peut-être évoqué par « l'ange », s'arroge le droit de présider à ce destin, il faut rire de cette prétention et la traiter par le mépris et le silence : « Lui parler serait bêtise et temps perdu », conclut la strophe finale ; « Le dernier relent des charniers le vent l'emporte et le disperse » : nulle résurrection n'est à attendre d'un Jugement dernier. Dans *Contrée*, le poète termine son « Épitaphe » par un constat semblable : « Rien ne survit de mon esprit ni de mon corps. »

Page 83. *« Surtout taisez-vous !… »*

Une version de travail (BLJD/DSN 894) ébauche ainsi cette strophe : « Mais Calixto c'est toi dansant dans la bruyère / Qui marques le retour de l'ombre et du sommeil. / [*barré* : Dans l'ornière la boue a gardé ton orteil / Une averse remplit une empreinte d'orteil /

Et l'oiseau boit cette eau sur le bord de l'ornière.] / Dans l'ornière où la boue a marqué ton orteil / L'oiseau boit l'eau de pluie. » « Ton orteil » fait référence à Calixto tandis que « son pied » se rapporte à « lui », c'est-à-dire « l'ange ». Dans ce cas, Calixto viendrait en quelque sorte à la place de l'ange — comme une mythologie personnelle au poète.

Page 84. *« Tu viens au labyrinthe… »*

Le poème semble faire allusion au labyrinthe de la légende grecque, dans lequel Ariane trouve son chemin grâce au fil qu'elle déroule. Ici le fil est rompu entre le « tu » qui témoigne du passé et lutte contre l'oubli et le « je » qui perd contact avec la réalité et va vers l'oubli. Le fil ne sera pas renoué. La rencontre des deux êtres évoqués n'aura donc pas lieu. Les derniers vers du poème « On dit qu'en grand mystère… » reprennent le thème du fil rompu cette fois entre les hommes et Calixto : « Mais le regard que nous portons sur toi s'envole et rompt le fil qui devrait t'attacher à nous et nous à toi. »

Page 85. *« Sur le bord de l'abîme… »*

Ce poème dédié à « la passante » avant sa disparition se déploie en images sensibles alors que l'ébauche manuscrite (BLJD/DSN 25) développe d'abord une méditation sur la liberté :

« La vie était un fleuve[*barré* : et coulait vers la mer] /Qui déborde /Liberté étais-tu dans ses débordements / ou dans cette tendance à suivre le destin.

Liberté n'es-tu pas le désir des humains / d'obéir à l'exact et fatal moment / Qui les entraîne avec l'univers s'abîmant /Dans un gouffre où déjà sont prévus les demains

Un instant la matière a conscience d'elle-même / S'imaginant elle imagine tel système / Puis retrouve en la mort sa nature latente.

Une étoile filante au fond des temps rejoint / Maintes lueurs maints crépuscules et maints points / Du jour au bord du fleuve où passa la passante. »

Page 86. *« Abandonnons à toi, rivière… »*

Ici débute la séquence de quatre huitains d'octosyllabes qui rappelle explicitement le début du poème par la reprise du vers : « À s'endormir à la légère ». Une espèce de fête galante se dessine, précisément située près de Lyon, laissant penser qu'elle témoigne d'un événement réellement arrivé.

Page 90. *« Mais tu te trisses, tu décarres… »*

La transcription établie par Alain Chevrier pour cette strophe est la suivante :

Mais tu t'enfuis, tu t'évades / et dans la prison / la dernière nuit, immense, / remet du noir et plus qu'assez / nous crie dans les oreilles qu'il est temps de tout remettre à l'endroit. / Oui, d'accord, mais à la dernière gare / le train m'attendra :/ signé « Canrobert » ou « J'y vais ».

Page 90. *« À revivre tous les naufrages… »*

Le manuscrit BLJD/DSN 25 donne une version différente des derniers vers : « Tel atteignit un paysage / Où brillait ton éclat rêvé / Calixto ! Calixto ! La cage / est belle mais dans le décor / La liberté plus belle encor ! / Voici le domaine des sages / Au délire donnons sa clé. »

NOTES CALIXTO

Prépublication

« Notes Calixto » a fait l'objet d'une publication abrégée dans *Vrille, la peinture et la littérature libres*, Mantes, recueil sans pagination, achevé d'imprimer le 25 juillet 1945 ; sous la direction d'Évrard de Rouvre. Le recueil contient également « Meurtre » et « Danses » du *Bain avec Andromède*.

Version complète publiée dans *Œuvres*, p 1229-1231.

Manuscrit consulté

La Bibliothèque littéraire Jacques Doucet possède, sous la cote 894, un manuscrit de 12 pages de travail. Elles comportent des ratures. Un ensemble numéroté de 1 à 9, avec le titre de « Notes Calixto », met en place la suite des notes pour publication. Trois pages, non numérotées, mais participant de la même réflexion, y sont jointes.

Un dactylogramme de 5 pages (BLJD/DSN 250) correspond à la version publiée dans *Œuvres*, reprise ici.

Au verso d'un petit feuillet faisant la publicité pour l'Association France-U.R.S.S., 8 rue Dupuytren, au crayon — mais non de la main de Desnos : « "Notes Calixto", donné à Évrard de Rouvre, au café de Flore, en 1944 (février). Publié dans le premier numéro de *Vrille*. »

L'ensemble de ces documents laisse penser que Desnos avait mis au point ces réflexions personnelles en vue de les publier et qu'il en aurait confié le texte en février à Évrard de Rouvre, juste avant son arrestation.

« Réflexions sur la poésie », ensemble de notes datées de janvier 1944, aborde en grande partie les mêmes questions que les « Notes Calixto ». Nerval, Góngora, Baffo, Villon sont dans les deux textes les références poétiques majeures de Desnos ; les tensions contradictoires sur lesquelles la poésie repose à ses yeux — entre inspiration et technique poétique, entre poésie et anti-poésie, entre sens immédiat et sens caché — sont de part et d'autre abordées. Par ailleurs, ces notes touchent à certaines questions d'histoire littéraire : dans « Réflexions sur la poésie » Desnos exerce sa verve polémique contre l'idée en vogue d'une renaissance de la poésie telle que Lanza del Vasto, peut la représenter — *Le Pèlerinage aux sources*, publié en 1943 chez Denoël, remporte alors un grand succès — tandis que dans « Notes Calixto », il s'interroge sur les réticences du surréalisme à se prononcer sur les attitudes contradictoires de certains grands poètes, reconnus pourtant par le mouvement (Rimbaud, Lautréamont, Baudelaire).

Nous relevons ci-dessous dans les pages manuscrites quelques notes qui ne sont pas passées dans le texte définitif, ou dont la formulation première est suffisamment différente de celle du texte définitif pour apporter un éclairage intéressant.

Dans les pages non numérotées par le poète :

« Le hiatus — la batterie dans l'orchestre. »

« L'argot n'est pas spécialement rigolade ou pleurnicherie.
Villon — Bruant — Rictus — Lil Boehl — Céline. »

« Si la poésie proprement dite est le fruit de la nécessité (nécessité qui peut être la circonstance et qui l'est souvent) l'anti-poésie semble le fruit de la gratuité. »

« L'anti-poésie réalisée par Marcel Duchamp, entrevue aussi par Jacques Vaché, est formulée par Lautréamont dans *Poésies*. »

Dans le manuscrit (numéroté de 1 à 9) rassemblant les notes pour l'édition :

p. 4 : Dans sa première version : « La poésie-drogue égare autant que la drogue elle-même. L'homme ne peut que se méfier d'une forme de mécanisme cérébral qui tend à l'anesthésier et à le livrer à la merci de ses pires ennemis. Il n'en va pas de même de l'ivresse poétique, légitime au même titre que n'importe quelle ivresse, celle des sens par exemple ou même, pourquoi pas, l'ivresse de la lucidité ». Desnos a ensuite modulé ses affirmations en utilisant le conditionnel et en introduisant des formules d'atténuation : « légitimement », « sans défense », « probablement ». « L'exaltation poétique » a remplacé « l'ivresse », qui disparaît sous toutes ses formes. Néanmoins « Bacchus ne se baigne pas dans le népenthès » subsiste.

p. 6 : « On est bien obligé de constater [...] que le surréalisme se garde d'apporter ou de tenter d'apporter solution à ces conflits » est modulé dans la version finale : « n'a pas encore apporté solution [...] ».

p. 7 : « On se trouve toujours en présence des mêmes problèmes [...] mais il paraît grave que le surréalisme, et précisément lui, esquive la difficulté » : la remarque finale a été barrée.

p. 8 : « Dans la note de *Fortunes* j'exprimais, sans entendre la réaliser, l'ambition de faire de la Poétique un chapitre des Mathématiques. C'est Physique que j'aurais dû écrire ou plutôt préciser que je ne considère les Mathématiques que comme une branche de la Physique. »

p. 8 : « L'hermétisme poétique Góngora, Nerval, Mallarmé est [*barré* : toujours] souvent justifié par l'érotisme. Le moins hermétique des grands poètes, Baffo, est un poète érotique.

La clarté de Villon est encore dans ce domaine (érotique) une forme de l'hermétisme, un hermétisme par dissimulation. Cf. Jarry. Et encore faudrait-il étudier l'hermétisme involontaire. Mais dans les ballades en jargon l'hermétisme de Villon devient social ou, plutôt, se situe sur le plan social et ne s'y situe que pour des raisons sexuelles.

*

Pour en revenir à l'hermétisme, rares sont les poètes authentiques qui lui échappent. Je ne vois guère que Baffo, Hugo et Whitman qui en soient exempts et encore les deux derniers dissimulent-ils maints secrets sentimentaux et sexuels sous des vers en apparence transparents.

Au reste ceci n'est pas un reproche mais une constatation. L'hermétisme n'est pas indispensable à la poésie mais il ne saurait lui nuire. »

REPÈRES BIOGRAPHIQUES

1900. Le 4 juillet 1900 naît à Paris, 32, boulevard Richard-Lenoir (XIe arrondissement), Robert Desnos, second et dernier enfant de M. Lucien Desnos et de Madame, née Claire Guillais.
M. Desnos père est mandataire aux Halles pour la volaille et le gibier.

1902. En 1902 la famille Desnos déménage et s'installe 11, rue Saint-Martin (IVe arrondissement), puis vers 1913, 9, rue de Rivoli (IVe arrondissement). C'est à ce quartier des Halles, et tout particulièrement au quartier Saint-Merri que restent attachés les souvenirs d'enfance de Robert Desnos. Dans les dernières pages qu'il a écrites avant son arrestation, il évoque :

> *Les charmes de la rue de la Verrerie, les marchands de cierges, les petits ateliers de mécanique où la limaille jaillissait parmi les étincelles bleues.*
> *Importance de l'enseigne « John Tavernier » le fabricant de bonbons de la rue du cloître Saint-Merri.*
> *Les éplucheuses de queues de cerises. Muraour et l'odeur des orangers. La carderie. La construction des nouveaux magasins du Bazar de l'Hôtel-de-Ville. Le mendiant à l'angle de la rue Saint-Bon. La crèmerie Mauguin rue Saint-Martin. La petite fille de la rue des Juges-Consuls.* (Journal, *21 février 1944.)*

1911. Robert Desnos est élevé selon les principes de la petite bourgeoisie française : éducation religieuse (première communion en l'église Saint-Merri le 1er juin 1911), école laïque (école maternelle de la rue Sainte-Croix-de-la Bretonnerie, école communale 36, rue des Archives, école municipale supérieure Turgot).

1913. Il obtient son certificat d'études en juin 1913, et quitte l'école Turgot en 1916, pourvu du brevet élémentaire (et ayant acquis des rudiments d'anglais et d'espagnol).

1916. Si la communale lui a paru très formatrice, il garde un mauvais souvenir du collège où il estime avoir perdu son temps. De 1913 à 1916, ce sont les lectures faites en marge de l'école (Baudelaire, Hugo, romans populaires, bandes dessinées) et les événements qui défraient la chronique (la bande à Bonnot) qui retiennent l'attention de Robert Desnos :

Il y avait les images des grands et des petits magasins, chromos distribués aux portes en même temps que des ballons, et qui figuraient généralement les aventures féeriques, dans des palais à l'architecture d'opéra, de personnages vêtus de soieries et de velours, images devinettes, images primes des épiceries…

*Il y avait les affiches que le vent et la pluie intégraient peu à peu dans le bois des palissades qui, par leurs plaies, laissaient entrevoir ces étranges terrains vagues maintenant disparus de Paris. Leur superposition même ménageait des rencontres imprévues entre le boxeur et l'automobile, entre le roman-feuilleton et l'annonce des trains de plaisir. (*Félix Labisse, *1945.)*

Et Desnos se fait lyrique pour chanter les belles images de son enfance :

Il y avait les intelligents dessinateurs des Belles Images, *du* Jeudi de la Jeunesse, *de* L'Épatant *et de* L'Intrépide, *où G. Ri explorait le ventre doré de la planète et les joailleries du ciel, où Forton, avec ses « Pieds Nickelés », créait une trinité nouvelle.*

Il y avait les couvertures de Nick Carter, *de* Buffalo Bill, *de* Fantomas *et des suppléments illustrés du* Petit Parisien *et du* Petit Journal.

*Il y avait les illustrations de Jules Verne et de Paul d'Ivoi, illustrations qui petit à petit, sortaient des volumes fatigués, des reliures brisées et commençaient à vivre d'une vie individuelle et lourde de mystère (*Ibid.*).*

Tout un monde imaginaire se met à prendre corps dans la rêverie de l'enfant :

*Tout un musée Grévin prolongeait ainsi les heures de la soirée, quand le gaz sifflait tragiquement dans les suspensions et quand les voix des grandes personnes, comme jaillies de profondes cavernes, ne pénétraient plus qu'avec peine dans les jeunes cervelles investies par le sommeil (*Ibid.*)*

Passionné de littérature et d'imagerie moderne, imperméable aux discours patriotiques qui se tiennent autour de lui (famille, école), il décide d'arrêter ses études et de faire carrière hors du commerce. M. Desnos père met alors son fils en demeure de trouver les moyens de sa politique :

1917. Robert Desnos travaille comme commis dans une importante droguerie : Darrasse, rue Pavée ; il y assume plusieurs fonctions et traduit en particulier des prospectus pharmaceutiques en diverses langues.

1918. Il écrit et commence à publier (dans la *Tribune des jeunes*, revue de tendance socialisante, patronnée par Henri Barbusse).

1919. Il devient secrétaire de Jean de Bonnefon, journaliste, écrivain. Ses fonctions lui laissent le temps de lire (et la bibliothèque de Bonnefon est somptueuse), d'écrire (*Prospectus*, *Le Fard des Argonautes*, *L'Ode à Coco*).
Il lie des relations amicales avec Henri Jeanson, Armand Salacrou, Rirette Maîtrejean, qui avait connu le milieu anarchiste de la bande à Bonnot.
Le poète Louis de Gonzague Frick lui donne accès à diverses revues (*Lutetia*, *Dits modernes*) et l'introduit dans les milieux littéraires modernistes et d'avant-garde.
C'est à cette époque que Desnos place ses *Prospectus* sous le signe de Laurent Tailhade et Guillaume Apollinaire ; c'est aussi le moment où il découvre Dada, ses manifestes et manifestations ; il entre en relation avec Roger Vitrac et Benjamin Péret ; par l'intermédiaire de ce dernier, il rencontre une fois André Breton.

1920-1921. Mais le service militaire interrompt pour deux ans sa vie parisienne (1920 : service à Chaumont en Haute-Marne ; 1921 : service au Maroc).

1922. Dès son retour à la vie civile, Desnos s'intègre au groupe de *Littérature* (Breton, Aragon, Éluard, Péret, Crevel) : il participe de manière éclatante aux expériences d'écriture automatique, de sommeils hypnotiques, de récits de rêves ou de fantasmes : il expérimente de façon exemplaire les limites du langage et de la personnalité (cf. *Littérature*, n.s. n°s 5 à 12). Il entre dans ce qu'il appelle plus tard « les espaces du sommeil » (*À la mystérieuse*).

1924. André Breton marque à plusieurs reprises le rôle irremplaçable que Desnos a alors joué dans la dynamique du mouvement surréaliste :

> *... Il n'est, depuis 1921, aucune personnalité qui en poésie ait marqué aussi fortement son empreinte que celle de Robert Desnos... Le surréalisme est à l'ordre du jour et Desnos est son prophète... (André Breton,* Journal littéraire, *5 juillet 1924.)*

Robert Desnos parle surréaliste à volonté (André Breton, Manifeste du surréalisme.*)*

1925. Robert Desnos participe aux diverses manifestations surréalistes (première représentation de *L'Étoile au front* de Raymond Roussel dont l'œuvre exerce sur lui une fascination considérable), il signe les déclarations et lettres ouvertes surréalistes (*La révolution d'abord et toujours ; Lettre ouverte à M. Paul Claudel*) ; il dessine et peint surréaliste (des dessins de lui sont exposés à la première exposition surréaliste).
Il écrit régulièrement dans la revue du groupe surréaliste : *La Révolution surréaliste* (décembre 1924-décembre 1929).
Passionné de cinéma, il publie des chroniques cinématographiques dans divers journaux : *Paris-Journal* (1923), *Le Journal littéraire* (1925-1926), *Le Soir* (1926-1928), il écrit des scénarios : *Minuit à quatorze heures* (1925), *Les Récifs de l'amour* (1930), *Les Mystères du métropolitain* (1930).
Un de ses poèmes sert de motif à une réalisation cinématographique de Man Ray : *L'Étoile de mer.*
L'étoile est la figure poétique et rêvée de l'étoile de music-hall Yvonne George. (Théodore Fraenkel, l'un des amis les plus proches de Robert Desnos, dit à ce propos : « Son amour pour Yvonne George fut violent, douloureux, inlassablement attentif. Il ne fut jamais partagé. ») La chanteuse meurt en avril 1930.
Pour assurer sa subsistance, Robert Desnos pratique divers métiers (commis au Cercle de la Librairie, à la Librairie Baillièrc, 1922-1924) ; il écrit sur commande pour Jacques Doucet : *De l'érotisme* (1923), un panorama du mouvement surréaliste (1927) ; il lui vend des manuscrits (*Les Nouvelles Hébrides*, 1922). À partir de 1925, grâce à ses amitiés dans le milieu du journalisme (Henri Jeanson, Eugène Merle), il entame une carrière journalistique, d'ailleurs fort peu payée ; il est caissier puis rédacteur à *Paris-Soir* (1924-1926), rédacteur au journal *Le Soir* (1926-1929), à *Paris-Matinal* (1927-1928), fournit des échos au *Merle* (journal satirique d'Eugène Merle).
Cette activité journalistique qui occupe une large part de son temps et de son attention le rend moins assidu aux réunions surréalistes.

1926. En avril 1926, il s'installe 45, rue Blomet, dans l'ancien atelier d'André Masson. Sous l'emprise de la fatigue, de la drogue ou du vin, il y transcrit ses rêves, ses hallucinations (*Journal d'une apparition* dans *La Révolution surréaliste*, n° 9-10 ; *Les Ténèbres*). À deux pas du Bal nègre, du quartier Montparnasse où évoluent des artistes, des réfugiés politiques, des excentriques de tous les pays, Desnos est aussi tout proche de la rue du Château où se réunissent Georges Malkine, Marcel Duhamel, Raymond Queneau, les frères Prévert.

1927. Lorsqu'en 1927, Breton, Aragon, Éluard, Péret et Unik justifient leur engagement politique au parti communiste (*Au grand jour*), Desnos fait partie de ceux qui proclament l'incompatibilité de l'activité surréaliste avec une action militante au parti communiste.

1929. L'écart s'est progressivement accentué entre Breton et Desnos. Les motifs de rupture s'accumulent : Desnos est devenu un professionnel du journalisme (dont, d'ailleurs, il dénonce lui-même les compromissions : *Les Mercenaires de l'opinion* dans *Bifur*, n° 2, juillet 1929). Son voyage à Cuba (mars-avril 1928), comme représentant de *La Razon* au congrès de la Presse latine, fait quelque tapage.

Lorsque enfin au début de 1929, André Breton et Aragon essaient de relancer l'activité collective (réunion de la rue du Château, 11 mars 1929), Desnos s'abstient, comme Leiris, Masson, Bataille, Limbour.

En décembre 1929, la publication par Breton du *Second Manifeste du surréalisme* marque la rupture définitive :

Une grande complaisance envers soi-même, c'est essentiellement ce que je reproche à Desnos…

Les exclus ripostent par le pamphlet : *Un cadavre* et Desnos publie dans *Le Courrier littéraire* d'Eugène Merle (1er mars 1930), le *Troisième Manifeste du surréalisme*. Ainsi s'achève la polémique.

Les années trente sont marquées par divers bouleversements dans la vie du poète : il vit avec Youki Foujita (une des reines de Montparnasse), d'abord 6, rue Lacretelle, puis à partir de juillet 1934, au 19, rue Mazarine (VIe arrondissement). La jeune femme trouve sa figuration poétique dans l'image de la sirène à laquelle répond, pour l'amant, l'image de l'hippocampe (parfois celle de l'oiseau auquel la sirène apprend à chanter).

1931. Le poème *Siramour* inscrit cette redécouverte de l'amour qui conduit sans trahison de l'étoile à la sirène, de la disparue à la vivante :

Sais-tu quelle chaîne effrayante de symboles m'a conduit de toi qui fus l'étoile à elle qui est la sirène ?
Ô sœurs parallèles du ciel et de l'Océan !

1932. Pour Youki, il compose *Le Livre secret* (1932) où poèmes et gouaches alternent, *Les Nuits blanches* (1932) où les récits de rêves de Youki alternent avec les poèmes-chansons de Desnos.

1933. Jusqu'en 1933, la vie du couple est matériellement difficile : Desnos fait de la gérance d'immeubles, écrit pour l'A.L.I. (Agence littéraire internationale), fait quelques conférences à Radio-Paris.

C'est en novembre 1933 qu'il réalise avec Paul Deharme la célèbre émission radiophonique : *La Grande Complainte de Fantomas* (diffusée sur Radio-Paris et les postes régionaux).

Paul Deharme crée *Information et publicité*, organisme qui propose et réalise des émissions publicitaires essentiellement radiophoniques. Grâce à Armand Salacrou qui confie à Desnos la publicité de tous les produits pharmaceutiques dont il a la gestion (la Marie-Rose, le vermifuge Lune, la Quintonine, le Thé des familles, le Vin de Frileuse), le poète devient rédacteur publicitaire aux Studios Foniric, 22, rue Bayard, et anime l'équipe qui invente et réalise au jour le jour les émissions diffusées sur Radio-Luxembourg et le Poste parisien (parmi les plus connues : *Le Salut au monde*, adaptation radiophonique du poème de Walt Whitman, avec la collaboration de nombreux artistes et d'Aléjo Carpentier pour la musique, en juillet 1936 ; *La Clef des songes* en 1938).

Cette activité radiophonique (1934-1939), par l'invention et la disponibilité perpétuelles qu'elle exige, le contact permanent avec le public, le travail collectif qu'elle implique, satisfait grandement Desnos. Il y expérimente tout particulièrement les relations du texte publicitaire avec le motif musical et tente de promouvoir une culture et un art radiophoniques.

1936. Captivante, l'activité radiophonique ne lui laisse guère le temps de publier. Il laisse inachevé un roman entrepris en 1931 : *La Raison sociale ou les horreurs de l'amour* ; il s'astreint, en 1936, à écrire un poème chaque soir :

*Durant toute cette année et jusqu'au printemps 1937, je m'étais contraint à écrire un poème chaque soir, avant de m'endormir. Avec ou sans sujet, fatigué ou non, j'observai fidèlement cette discipline. J'emplis ainsi une série de cahiers où, on l'imagine, le déchet fut grand quand, en 1940, j'entrepris de les relire. (Postface d'*État de veille, *1943.)*

Il écrit pour les enfants de ses amis (*Le Parterre d'Hyacinthe, La Ménagerie de Tristan* pour les enfants de Lise et Paul Deharme, en 1932 ; *La Géométrie de Daniel* pour le fils de Madeleine et Darius Milhaud en 1939). Seul le recueil des *Sans cou* est publié en 1934 avec l'aide amicale d'Armand Salacrou.

Par la pratique radiophonique, Desnos peut donner libre cours à sa passion de la musique ; il fait de la critique musicale et constitue une importante discothèque. Par ailleurs il écrit des textes destinés à être mis en musique : *La Cantate pour l'inauguration du musée de l'Homme, La Cantate des quatre éléments* (toutes deux pour une musique de Darius Milhaud), des lyrics pour des films (*Panurge*) et des chansons de variétés (dont un grand nombre mises en musique par Cliquet-Pleyel).

De la publicité radiophonique il passe parfois à la production de documentaires cinématographiques. Il écrit ainsi le commentaire de *Records 37*, réalisé par J.-B. Brunius, celui de *Sources noires* (1938).

Dès 1933, Desnos fut alarmé par la montée du fascisme en Europe. En 1934, il adhère au Front commun de Gaston Bergery contre le fascisme et le gros capital, mais aussi contre le principe marxiste de la lutte des classes ; il se range du côté du Front populaire en 1936.

Très attaché à l'Espagne où il a noué des relations amicales lors de séjours en 1932 et 1935, il est particulièrement touché par la guerre civile qui s'y déroule et l'intervention italienne et allemande qui conduit la république espagnole à l'échec. Il aide son ami Jean-Louis Barrault à monter *Numance*.

1937. Participant activement aux manifestations de l'Association internationale des écrivains pour la défense de la culture dont le deuxième congrès, tenu symboliquement en Espagne républicaine, s'achève à Paris le 18 juillet 1937 (avec un spectacle présenté par Desnos), il prête son concours pour l'animation des Maisons de la culture, il publie des poèmes et des critiques de disques dans *Commune* (1938-1939), *Europe* (1939), enfin il se charge de la rubrique des disques dans *Ce soir* (1937-1939), quotidien de tendance communiste, créé et dirigé par Aragon.

En ces années qui précèdent la guerre, la position de Desnos est clairement engagée : contre le fascisme, contre l'antisémitisme ; devant la défaite des républicains espagnols, l'extension du nazisme, Desnos est de ceux qui pensent que la guerre est inévitable et qu'il faut s'y préparer matériellement et moralement :

en tant qu'intellectuel c'est sur ce dernier point qu'il essaie d'intervenir, dénonçant tout esprit de soumission et de défaite, exaltant les conquêtes des hommes sur les divers fléaux qui les menacent, tentant de faire partager à ses auditeurs, ses lecteurs ou son public sa volonté de lutter et de vaincre.
C'est ainsi qu'en 1939 la lutte contre le fascisme hitlérien conduit à ranimer des positions nationalistes. Certains ont vu alors dans Desnos un belliciste et un patriote naïf qui faisait siennes les positions idéologiques qu'il avait combattues à l'issue de la guerre 1914-1918. C'est oublier que la situation historique avait changé.

1939. Le 3 septembre 1939, c'est la guerre. Le sergent fourrier Desnos rejoint le 436e régiment de pionniers (1re compagnie) à Nantes ; son régiment est envoyé en Lorraine.
L'hiver est rude, la guerre est absente ; deux permissions mettent Desnos devant l'évidence : à l'arrière, aux Deux Magots ou au
1940. Flore, on est défaitiste. En cet hiver 1939-1940, le plus dur est de garder le moral et Desnos s'y emploie. La débâcle de juin 1940, les marches forcées à travers la France conduisent son régiment jusqu'en Dordogne (Prats-du-Périgord). Ce brutal effondrement n'entame pas le courage du poète :

*Il faut mettre les choses au pire, c'est-à-dire victoire d'Hitler, et garder de côté nos espoirs, sûr : puissance de l'Angleterre, possible : attitude des U.S.A., douteux : intervention des U.R.S.S. En ce qui concerne une victoire allemande nous avons vu des événements analogues : captivité de Jean le Bon, captivité de François Ier, le royaume de Bourges, 1814, 1815, 1870 et tant d'autres défaites. L'histoire d'un pays vivant est faite de cela et quant aux pertes de territoires, elles sont la rançon de l'activité et de la vie. La Chine est un précieux exemple en ce sens qui survit aux millénaires en dépit des conquêtes. Non, ce qui importe c'est le degré de vassalité auquel nous serons réduits et partant de combien nos libertés seront hypothéquées et notre vie sociale diminuée. En ce sens il nous faudra du courage à tous les deux, beaucoup de courage mais je suis dès maintenant sûr d'en sortir en deux ou trois ans (*Lettre à Youki, 3 juillet 1940.*)*

Le 20 août 1940, Desnos reçoit un laissez-passer pour Paris. Le 10 septembre il entre comme rédacteur littéraire et d'informations au journal *Aujourd'hui* que crée Henri Jeanson.

L'espoir que Desnos et Jeanson pouvaient avoir de garder une certaine liberté d'opinion à *Aujourd'hui* est vite déçu : Jeanson

quitte le journal le 21 novembre ; Georges Suarez en prend la
direction. Désormais le journal est aux mains de l'occupant.
Desnos cependant ne le quitte pas : il abandonne sa chronique
La Revanche des médiocres, se cantonne dans les comptes rendus
littéraires où ses colères resurgissent cependant (polémique avec
1941. Louis-Ferdinand Céline en 1941, avec Pierre Pascal en 1942.
« Philoyoutre, antifasciste, enjuivé, perdu de tout », telles sont
les épithètes que Desnos récolte dans la bataille). Sa participa-
tion au journal se réduit bientôt à de brefs articles signés :
« L'homme de jour » (il n'est pas seul à utiliser cet « omnibus »).
Le moindre événement lui est prétexte à rappeler qu'il faut
lutter et ne pas désespérer ; mais le contexte n'étant pas polé-
mique, la censure laisse passer.

1942. Si Desnos se maintient au journal c'est que ses fonctions, même
réduites, lui permettent d'assister aux conférences de presse
quotidiennes où les nouvelles sont filtrées, orientées pour la
publication. En effet depuis juillet 1942 il fait partie du réseau
« Agir », créé par Michel Hollard, auquel il transmet les infor-
mations qu'il recueille ; il aide également à la confection de
fausses pièces d'identité.

Son travail au journal lui laisse le temps d'écrire et de publier, et
les années 1942-1944 contrastent avec les années trente.

1943. *Fortunes* (1942) rassemble les œuvres de 1930-1937, *État de veille*
(1943) achève le bilan de l'année 1936-1937 et propose des
« couplets » destinés à être mis en musique ainsi que « quelques
poèmes, en apparence plus classiques ». Ce recueil s'achève sur
cette réflexion qui ne cesse de hanter Desnos en cette période :

En définitive ce n'est pas la poésie qui doit être libre, c'est le poète.

En 1943 encore, il publie un roman sur les drames de la drogue
dont il a été à plusieurs reprises témoin : *Le vin est tiré…*

1944. Il est déjà arrêté quand paraissent *Contrée, Le Bain avec Andro-
mède ;* ces textes tentent de réaliser une poésie où coexistent les
contraires (sujets de circonstance et thèmes constants, langage
populaire et perfection formelle ; le prosaïque et le poétique).
Enfin les *Trente chantefables, pour les enfants sages* paraissent égale-
ment en 1944.

Au moment de l'arrestation du poète, *Calixto* est achevé, un
recueil de nouvelles est en cours d'élaboration : *Jours de noces*,
ainsi qu'un recueil poétique : *Sens*. Pendant cette période, Desnos
rédige des scénarios de films (*Bonsoir mesdames, bonsoir messieurs*),

adapte pour l'écran des œuvres littéraires (*La Belle Sarrazine* à partir du *Succube* de Balzac), fait des projets d'opéras-films ou de ballets.
En même temps, il publie des poèmes dans des revues clandestines (dans *Profil littéraire de la France, Poésie 42, Lettres, L'Honneur des poètes, Europe, Méridiens, Confluences, Messages, Poésie 44*).
Le 22 février 1944 il est arrêté en même temps qu'André Verdet, et incarcéré à Fresnes ; il subit deux interrogatoires, les 4 et 5 mars ; le 20 mars il est transféré à Compiègne (camp de Royallieu).
Le 27 avril, il fait partie du convoi de mille sept cents hommes, déportés, a-t-on dit, en représailles à la condamnation à mort de Pucheu à Alger.
Le 30 avril le convoi atteint Auschwitz.
Le 12 mai il repart pour Buchenwald.
Le 25 mai, réduit à un millier d'hommes, le convoi gagne Flossenburg.
Enfin les 2-3 juin, cent quatre-vingt-cinq hommes, dont Desnos, sont acheminés vers le camp de Flöha en Saxe où les prisonniers fabriquent des carlingues de Messerschmitt. C'est là que pendant près d'un an, Desnos lutte pour survivre à la faim, à l'humiliation, à la totale détresse.

1945. Le 14 avril 1945, le kommando de Flöha est évacué ; une part est acheminée jusqu'à Terezin, en Tchécoslovaquie ; la plupart des prisonniers y arrivent épuisés, malades et meurent du typhus.
Robert Desnos meurt le 8 juin 1945.

Nul écrit du poète ne subsiste de cette année en camp de concentration. Ceux qui revinrent de Flöha et eurent l'occasion de côtoyer Desnos témoignent unanimement de son énergie à défendre la dignité humaine dans ces conditions où rien d'humain ne semblait exister. Ainsi alla-t-il jusqu'au bout du combat qu'il avait choisi de mener.

BIBLIOGRAPHIE SÉLECTIVE

Le lieu d'édition n'est pas indiqué quand il s'agit de Paris.

ŒUVRES PUBLIÉES PAR ROBERT DESNOS

Deuil pour deuil, Éditions du Sagittaire, chez Simon Kra, 1924. Repris en 1962 avec *La Liberté ou l'amour !* Chez Gallimard, puis en 1982, dans la collection « L'imaginaire ».

C'est les bottes de sept lieues cette phrase « Je me vois », avec quatre eaux-fortes par André Masson, Éditions de la Galerie Simon, 1926. Repris dans *Destinée arbitraire*, « Poésie/Gallimard », 1975.

La Liberté ou l'amour !, Kra, 1927. Repris en 1962, suivi de *Deuil pour deuil*, chez Gallimard, puis en 1982, dans la collection « L'imaginaire ».

The Night of loveless nights, illustrations par Georges Malkine, Anvers, hors commerce, 1930. Repris dans *Fortunes*, Gallimard, 1942 puis en « Poésie/Gallimard », 1969.

Corps et biens, Gallimard, 1930. Repris en « Poésie/Gallimard », 1968.

Les Sans Cou, avec deux eaux-fortes par André Masson hors commerce, 1934, sans nom d'éditeur. Repris dans *Fortunes*, Gallimard, 1942 puis en « Poésie/Gallimard », 1969.

État de veille, illustré de dix gravures au burin par Gaston-Louis Roux, Robert-J. Godet, 1943. Repris dans *Destinée arbitraire*, « Poésie/Gallimard », 1975.

Le vin est tiré ..., Gallimard, 1943. Repris dans la collection « L'imaginaire », 1992.

Contrée, avec une eau-forte de Picasso, Robert-J. Godet, 1944. Repris à la suite de *Calixto*, Gallimard, 1962.

Le Bain avec Andromède, avec une couverture et des illustrations en couleurs par Félix Labisse, Éditions de Flore, 1944. Repris dans *Destinée arbitraire*, « Poésie/Gallimard », 1975.

Trente chantefables pour les enfants sages, à chanter sur n'importe quel air, illustrations par Olga Kowalewsky, Gründ, 1944. Repris dans diverses éditions chez Gründ et dans *Œuvres*.

Labisse, essai critique, Éditions Séquana, 1945. Repris dans *Écrits sur les peintres*, Flammarion, 1984, 2011.

La Place de l'Étoile, collection « Humour », Rodez, sous la direction de Gaston Ferdière, 1945. Repris dans *Œuvres.*

PRINCIPALES PUBLICATIONS POSTHUMES

De l'érotisme, considéré dans ses manifestations écrites et du point de vue de l'esprit moderne, Éditions Cercle des Arts, 1953. Repris dans *Nouvelle Hébrides et autres textes, 1922-1930*, en 1978 puis en 2013, précédé de *Voici venir l'amour du fin fond des ténèbres* par Annie Le Brun, dans la collection « L'imaginaire ».

Calixto, suivi de *Contrée*, Gallimard, 1962

Cinéma, Gallimard, 1966.

Destinée arbitraire, Gallimard, « Poesie/Gallimard », 1975.

Nouvelles Hébrides et autres textes, 1922-1930, Gallimard, 1978.

Écrits sur les peintres, Flammarion, 1984, 2011.

Mines de rien, Éditions Le Temps qu'il fait, 1985. sélection d'articles publiés dans *Aujourd'hui.*

Les Voix intérieures, Éditions du Petit Véhicule, Nantes, 1987, L'Arganier, 2005.

Les Rayons et les Ombres, Cinéma, Gallimard, 1992.

Le Livre secret pour Youki, Éditions des Cendres, 1999, reproduction du manuscrit conservé à la Bibliothèque littéraire Jacques Doucet.

Les Jours de noces, nouvelles, Le Temps des Cerises, 1999.

Œuvres, Gallimard, collection « Quarto », 1999, 2011. Rassemble les volumes publiés par Desnos ainsi que des extraits de publications posthumes.

Chantefables, Chantefleurs, La Ménagerie de Tristan, Le Parterre d'Hyacinthe, La Géométrie de Daniel, dessins de Jean-Claude Silbermann, Gründ, 2000.

Contrée, Calixto, suivi de *Notes Calixto*, Gallimard, « Poésie/Gallimard », 2013.

Remerciements

Je remercie la Bibliothèque littéraire Jacques Doucet, grâce à laquelle ce volume a pu bénéficier d'une abondante documentation : sa directrice, Mme Isabelle Diu, m'a réservé le meilleur accueil et j'ai apprécié l'attention et la compétence de son personnel.

Mon affectueuse gratitude va à Étienne-Alain Hubert, dont l'érudition et l'amitié ne m'ont jamais fait défaut, ainsi qu'à Marie-Paule Berranger, dont le soutien m'est précieux.

Mon admiration et ma reconnaissance vont à Ernest Pignon-Ernest, qui traduit si bien sa lecture des œuvres de Robert Desnos en d'émouvantes images et dont la fidélité au poète m'a été un soutien dans ce travail.

Merci aussi, pour avoir toujours répondu favorablement à mon appel, à Florence Delay, Annie Le Brun, Bernard Noël, Jacques Roubaud, Jean-Baptiste Para. Chacun d'eux a transmis de Desnos une lecture enrichissante. Je n'oublie pas ici Pierre Lartigue, qui nous a quittés.

Merci encore à Alice Nez pour sa lecture attentive de ce volume.

Je remercie enfin Jacques Fraenkel, qui veille — comme l'ont fait avant lui son oncle Théodore, « le doc », puis Michel, son père — sur le destin de l'œuvre de Robert Desnos et favorise toute entreprise susceptible d'en assurer le rayonnement.

CONTRÉE

CALIXTO

DOSSIER

DU MÊME AUTEUR

Dans la même collection

CORPS ET BIENS. *Préface de René Bertelé.*

FORTUNES.

DESTINÉE ARBITRAIRE. *Édition de Marie-Claire Dumas.*

DERNIÈRES PARUTIONS

440. Jean Ristat	*Ode pour hâter la venue du printemps* et autres poèmes.
441. Álvaro Mutis	*Et comme disait Maqroll el Gaviero.*
442. Louis-René des Forêts	*Les Mégères de la mer* suivi de *Poèmes de Samuel Wood.*
443. ***	*Le Dîwân de la poésie arabe classique.*
444. Aragon	*Elsa.*
445. Paul Éluard & Man Ray	*Les Mains libres.*
446. Jean Tardieu	*Margeries.*
447. Paul Éluard	*J'ai un visage pour être aimé.* Choix de poèmes 1914-1951.
448. ***	*Anthologie de l'OuLiPo.*
449. Tomás Segovia	*Cahier du nomade.* Choix de poèmes 1946-1997.
450. Mohammed Khaïr-Eddine	*Soleil arachnide.*
451. Jacques Dupin	*Ballast.*
452. Henri Pichette	*Odes à chacun* suivi de *Tombeau de Gérard Philipe.*
453. Philippe Delaveau	*Le Veilleur amoureux* précédé d'*Eucharis.*
454. André Pieyre de Mandiargues	*Écriture ineffable* précédé de *Ruisseau des solitudes* de *L'Ivre Œil* et suivi de *Gris de perle.*
455. André Pieyre de Mandiargues	*L'Âge de craie* suivi de *Dans les années sordides*, *Astyanax* et *Le Point où j'en suis.*
456. Pascal Quignard	*Lycophron et Zétès.*
457. Kiki Dimoula	*Le Peu du monde* suivi de *Je te salue Jamais.*
458. Marina Tsvétaïéva	*Insomnie* et autres poèmes.
459. Franck Venaille	*La Descente de l'Escaut* suivi de *Tragique.*
460. Bernard Manciet	*L'Enterrement à Sabres.*
461. ***	*Quelqu'un plus tard se souviendra de nous.*
462. Herberto Helder	*Le poème continu*

463. Francisco de Quevedo — *Les Furies et les Peines.* 102 sonnets.

464. *** — *Les Poètes de la Méditerranée.*

465. René Char & Zao Wou-Ki — *Effilage du sac de jute.*

466. *** — *Poètes en partance.*

467. Sylvia Plath — *Ariel.*

468. André du Bouchet — *Ici en deux.*

469. L.G Damas — *Black-Label* et autres poèmes.

470. Philippe Jaccottet — *L'encre serait de l'ombre.*

471. *** — *Mon beau navire ô ma mémoire* Un siècle de poésie française. Gallimard 1911-2011.

472. *** — *Éros émerveillé.* Anthologie de la poésie érotique française.

473. William Cliff — *America* suivi de *En Orient.*

474. Rafael Alberti — *Marin à terre* suivi de *L'Amante* et de *L'Aube de la giroflée.*

475. *** — *Il pleut des étoiles dans notre lit* Cinq poètes du Grand Nord

476. Pier Paolo Pasolini — *Sonnets.*

477. Thomas Hardy — *Poèmes du Wessex* et autres poèmes.

478. Michel Deguy — *Comme si Comme ça.* Poèmes 1980-2007.

479. Kabîr — *La Flûte de l'Infini.*

480. Dante Alighieri — *La Comédie.* Enfer – Purgatoire – Paradis.

481. William Blake — *Le Mariage du Ciel et de l'Enfer* et autres poèmes.

482. Paul Verlaine — *Cellulairement* suivi de *Mes Prisons*

483. *** — *Poèmes à dire.* Une anthologie de poésie contemporaine francophone.

484. *** — *Je voudrais tant que tu te souviennes* Poèmes mis en chansons de Rutebeuf à Boris Vian.

485. Pablo Neruda — *Vaguedivague.*

486. Robert Desnos — *Contrée* suivi de *Calixto.*

Ce volume,
le quatre cent quatre-vingt-sixième de la collection Poésie,
composé par Interligne
a été achevé d'imprimer sur les presses
de CPI Bussière à Saint-Amand (Cher),
le 18 septembre 2013.
Dépôt légal : septembre 2013.
Numéro d'imprimeur : 2005039.

ISBN 978-2-07-013953-8./Imprimé en France.

247886